Par Thea Harrison, auteure de best-sellers aux classements du New York Times et de USA Today

Un Loup en chasse…
Wulfgar Hahn, mieux connu comme le Loup de Braugne, a une mission. Bien décidé à venger le meurtre de son frère, il s'arrête à l'Abbaye Camaéline pour rencontrer l'Élue de Camaël, déesse du Foyer. Malheureusement, il découvre que l'Élue ne veut pas entendre parler de lui.

Une chef sous couverture…
Fascinée malgré elle par le Loup de Braugne, Lily se fait passer pour une modeste prêtresse afin d'en savoir plus sur cet homme impitoyable. Mais il ne faut pas se fier aux apparences. Après avoir déjoué une tentative d'assassinat, Lily doit décider si Wulf est le destructeur de ses visions ou le héros de ses rêves.

Un choix inévitable…
Alors que les combats se profilent à l'horizon, la passion s'éveille entre eux. Mais une relation durable semble impossible entre un soldat sur le sentier de la guerre et une chef qui vénère les valeurs du foyer. Et pourtant. Dans les tourbillons de neige de la Mascarade d'hiver où dansent les dieux et les déesses des Anciens, l'amour saura trouver son chemin…

L'Élue

Thea Harrison

Chapitre Premier

L A MAGIE SOUFFLAIT dans le vent d'hiver.

Alors que Lily franchissait les grandes portes cerclées de fer et s'avançait sur le quai glissant à l'extérieur, le vent souleva une mèche de ses cheveux. Elle prit une profonde inspiration. L'air était froid et humide, et les senteurs iodées de la mer emplirent ses narines.

Margot et le reste du groupe la suivaient, instinctivement regroupés pour chercher la chaleur.

Dans l'Abbaye Camaéline, les prêtresses se relayaient pour entretenir un réseau constant de sorts protecteurs sur tous ceux qui y avaient trouvé refuge, ainsi que sur l'île tout entière. Camaël était la déesse du Foyer, et l'abbaye était un lieu de lumière, de chaleur, de camaraderie et de réconfort.

À l'intérieur, la magie n'était qu'un léger désagrément.

De l'autre côté des murs de l'abbaye, en revanche, c'était une tout autre histoire. Là, à l'air libre, l'atmosphère était plus fébrile, plus dangereuse, comme imprégnée de malveillance.

S'arrêtant à côté de Lily, Margot leva les yeux vers le ciel.

Maudite magie du temps, dit Margot par télépathie. *Celui qui a lancé ce sort a une sacrée puissance de frappe. Ça me semble diffus, comme s'il n'y avait pas de véritable direction. Je n'arrive pas à déterminer d'où cela provient exactement… et toi ?*

Au cours des six derniers mois, Margot et elle avaient pris l'habitude d'échanger par télépathie. Il leur suffisait d'être à environ six mètres l'une de l'autre pour pouvoir partager leurs pensées et comparer leurs points de vue dans la plus totale discrétion. C'était une capacité très utile, surtout en public.

Les sourcils froncés, Lily prit le temps d'y réfléchir avant de répondre avec précaution. *Il faudrait que je m'éloigne pour en avoir le cœur net, mais on dirait bien que plusieurs mages du temps travaillent ensemble. S'ils sont dispersés dans la campagne, nous ne parviendrons pas à retrouver de source unique à cette magie.*

Plusieurs mages du temps unis pour jeter des sorts interdits ? fit Margot en serrant les dents. *Parfois, j'ai horreur de ta logique implacable.*

Lily lui sourit tristement. *Tu en as horreur uniquement quand mes conclusions ne te plaisent pas.*

C'est vrai. Margot fit la grimace. *D'après toi, qui est derrière tout ça, Guerlan ou Braugne ?*

Sous la tension, Lily avait la nuque raide. La migraine n'était pas loin. *Honnêtement, je n'en ai pas la moindre idée. Ça peut venir de l'un comme de l'autre, à moins que ce soit un tout autre royaume.*

Margot lui décocha un coup d'œil maussade. Elle adressa au groupe un geste bref et tout le monde se mit en position, comme prévu.

En frissonnant, Lily glissa une mèche de cheveux rebelle derrière son oreille, de sa main gantée, et elle se campa sur ses jambes. Avec les autres, elle reporta son attention vers la grande barge plate qui avait quitté les quais de la ville côtière de Calles.

La barge se frayait un chemin, sa proue massive faisant craquer la fine couche de glace qui flottait sur la mer peu profonde autour de l'île de l'Abbaye Camaéline.

On était encore à une semaine et demie du solstice d'hiver. Comme le voulait la coutume, c'était une saison de fête dont la Mascarade des Dieux était le point d'orgue. Cette année, la météo était plus glaciale qu'à la normale, aiguillonnée depuis un mois par les traits de magie lancés par ces mages inconnus. Personne n'avait le cœur à la fête.

Au cours de la prochaine lune, l'eau entre l'île et le continent gèlerait, pour la première fois depuis plusieurs générations. D'après les différents comptes-rendus, la moisson avait été maigre dans les six royaumes d'Ys et l'on craignait des températures mortelles.

Lily songea aux modestes fermes qui parsemaient les environs. Si les mages du temps continuaient ainsi, nombre d'entre elles perdraient de précieuses têtes de bétail cet hiver. Et peut-être même des membres de leurs familles.

Si la magie du temps était interdite, ce n'était pas pour rien. Selon le traité international, les mages n'avaient le droit d'en faire usage que sur décret royal, afin d'éviter les catastrophes naturelles.

Avec Braugne et Guerlan sur le sentier de la guerre, les possibles conséquences de ces sortilèges faisaient froid dans le dos. Le roi de Guerlan avait-il enfreint les traités et plongé Ys dans un hiver magique, à moins qu'il s'agisse de Braugne ?

Quels qu'en soient les responsables, ils n'étaient certainement pas sans savoir qu'ils risquaient de tuer des gens. Et comme si cela ne suffisait pas, la barge qui progressait inexorablement vers eux amenait le tristement célèbre Loup de Braugne aux portes de l'abbaye, avec sa horde de soldats armés.

Ils s'étaient aventurés sur l'horizon couvert de neige peu

après midi. S'ils étaient arrivés plus tard dans la saison, ils auraient pu traverser à pied l'étroit bras de mer. Au lieu de quoi, les soldats assignés aux rames devaient produire de gros efforts pour faire avancer la barge entre les plaques de glace flottantes.

Lily jeta un œil à ses compagnons. Debout à l'avant du groupe, Margot regardait la barge approcher. La jeune rousse, Première ministre du conseil de Camaéline, était époustouflante avec son manteau ivoire bordé de fourrure et ses gants assortis.

Six prêtresses encadraient Margot, trois de chaque côté, elles-mêmes flanquées par des Défenseurs armés du Foyer. Lily faisait partie des prêtresses de gauche, au milieu du trio, simple femme parmi les autres.

À la différence de Margot, elle n'avait rien d'extraordinaire. Son manteau était d'un marron insignifiant, bien que doublé et suffisamment chaud, grâce aux dieux. Elle portait de robustes bottes d'hiver, un pantalon noir et une veste rembourrée qui lui arrivait à mi-cuisses, par-dessus sa tunique blanche classique.

Elle était plus petite que Margot et elle avait la peau plus sombre, un teint d'olive, des yeux marron et des cheveux bruns et fins qui refusaient de pousser suffisamment pour atteindre ses omoplates ou se laisser discipliner par des épingles. En été, elle passait le plus clair de son temps à l'extérieur, souvent pieds nus, et le soleil lui avait donné un teint richement hâlé.

Il existait un millier de femmes comme elle, une centaine de milliers, qui travaillaient aux champs, géraient les boutiques et s'occupaient des bébés de haute lignée dans leurs manoirs et leurs châteaux.

Ravie d'être une anonyme parmi d'autres, elle fourra les

mains à l'intérieur de son manteau. Elle se réjouissait de voir que les autres prêtresses, le dos bien droit, affichaient la même fierté que Margot, tout comme les Défenseurs armés qui les accompagnaient.

En contraste avec leur immobilité résolue, le vent tourbillonnait autour du groupe, charriant des images que seule Lily pouvait voir.

Les psychés de chacune des femmes – c'était ainsi qu'elle appelait ce phénomène – flottaient tout autour de leurs têtes telles des ombres projetées sur un mur.

Lorsqu'elles étaient enfants, Margot et elle, à l'école de l'abbaye, la psyché de Margot n'était qu'une silhouette émaciée et affamée qui portait ombrage à sa jeune beauté, du moins aux yeux de Lily. Personne d'autre n'en était conscient, et comme Margot était issue d'une riche famille noble, Lily aurait eu beaucoup de mal à les en convaincre si elle en avait fait la remarque.

Les choses avaient changé depuis que Margot avait accepté le tout nouveau poste de Première ministre du conseil de l'Abbaye. Depuis qu'elle avait obtenu une place et une fonction où elle était utile et où elle se sentait aimée, sa psyché s'était remplumée. Elle n'était plus famélique, mais au contraire farouche et protectrice.

Les psychés des autres prêtresses et des Défenseurs étaient fébriles, ourlées d'agressivité, de nervosité et d'une peur absolue, mais leurs visages déterminés n'en laissaient rien paraître.

Derrière eux, on avait refermé et verrouillé les portes de l'abbaye, en accord avec les ordres de l'Élue. Les portes étaient creusées dans les murailles de pierre ancienne qui longeaient les falaises de l'île.

Dans la tour de guet la plus proche, les membres du

conseil de l'Abbaye, d'autres prêtresses, ouvriers et villageois, observaient la confrontation imminente à travers de hautes fenêtres.

La scène de la rencontre était prête et le public rassemblé. À tout le moins, le spectacle s'annonçait intéressant.

Bientôt, la barge s'était suffisamment rapprochée pour permettre à Lily de distinguer les traits des différents soldats. Ils étaient debout, au repos.

L'homme à leur tête attira son attention.

Le Loup de Braugne était plus jeune qu'elle l'imaginait — moins de trente ans, peut-être. Sa longue épée était tirée, la pointe plantée dans la planche à ses pieds, ses deux mains gantées posées sur la garde. Sa chevelure brune flottait au vent et il offrait aux éléments son visage dur.

Dans les six royaumes, des histoires circulaient à son sujet. Elles étaient de plus en plus terrifiantes à chaque récit. Au milieu de l'été, le frère du Loup, le seigneur gouverneur de Braugne, avait péri dans l'effondrement meurtrier d'une mine de sel qui avait aussi emporté une partie de la ville voisine.

Quand les premières rumeurs sur cet événement avaient atteint l'abbaye, d'autres voix de plus en plus fortes n'avaient pas tardé à se faire entendre. On commençait à raconter que l'éboulement tragique n'était pas un accident. Dans un acte de pure méchanceté mûrement calculé, le Loup avait assassiné son frère, le seigneur de Braugne, et depuis, il traversait Ys dans une compétition pour le pouvoir, exécutant tous ceux qui s'opposaient à lui, y compris leurs enfants et leurs nouveaux nés, réduisant leurs demeures en cendres.

Au premier coup d'œil, il ne correspondait pas à sa légende. Il n'avait pas les yeux rouges luisants et il ne dépassait pas de deux têtes l'ensemble de ses hommes. Pour être honnête, Lily était un peu déçue. Elle avait été fascinée par l'idée d'une langue fourchue, de deux sabots fendus et d'une queue.

Mais non, ce n'était qu'un homme à l'allure bêtement humaine. S'il avait la forte carrure et la posture droite d'un soldat aguerri, il n'était pas franchement beau. En fait, il pourrait se fondre dans une foule un jour de marché et elle passerait à côté de lui sans même lui accorder un regard.

Mais lorsque la barge se fut suffisamment rapprochée du quai, elle croisa le regard noir et brillant du Loup, et elle se dit que non.

Non, elle ne passerait pas à côté de cet homme sans lui accorder un regard. Sa stature immobile abritait une présence vibrante d'énergie, comme si une météorite incandescente avait revêtu un costume de chair. C'était un loup déguisé en mouton, un pouvoir destructeur derrière un visage avenant, qui avait choisi la minuscule principauté comme escale dans sa croisade pour la domination absolue d'Ys.

À en croire les rumeurs.

Elle prit une grande inspiration et, sans presque s'en rendre compte, elle baissa sa capuche en regardant le conquérant et ses hommes.

Les psychés des soldats sur la barge étaient agitées et fébriles, aussi nerveuses que celles des membres de l'abbaye regroupés sur le quai étroit. Les images étaient spectrales et transparentes, si bien qu'il était impossible de les distinguer les unes des autres tant que les hommes étaient physique-ment proches.

Ensemble, elles ondulaient d'une énergie fougueuse et impatiente, comme une meute de chiens de chasse tenus en laisse. En revanche, elle ne parvenait pas à analyser le Loup parmi elles. Avant de s'en faire une idée précise, il fallait qu'elle puisse le voir à l'écart de sa troupe.

Les lèvres pincées, elle laissa son regard vagabonder sur le groupe en s'efforçant de glaner au moins quelques informations utiles.

Contrairement à d'autres royaumes qu'elle avait étudiés, la majeure partie de la population d'Ys était humaine. Pour eux, les vampires, les fées blanches et noires, les djinns et autres démons tels que les méduses, les goules et les trolls n'étaient que des contes divertissants transmis dans les contrées lointaines. Malgré tout, Lily aperçut parmi les soldats de Braugne un elfe aux oreilles en pointe et aux traits taillés à la serpe, ainsi qu'un autre homme qui semblait être en partie Wyr.

Tout en notant ces menus détails, elle plissa les yeux. Si les troupes sur la barge présentaient un front uni, comme le comité d'accueil de l'abbaye, les rangs du Loup n'étaient pas aussi homogènes.

Lily, remets ta capuche ! s'exclama Margot par télépathie. *Je ne veux pas qu'il voie ton visage !*

Lily répondit distraitement. *Ce n'est pas en nous cachant sous une capuche que nous nous protégerons de ce qui arrive.*

Tu n'en sais rien ! rétorqua Margot.

Lily jeta un coup d'œil à son amie. *Avec toutes les visions que la déesse juge bon de m'envoyer, figure-toi que si, je le sais.*

Alors que Margot fermait la bouche, une voix forte et rauque portée par l'étendue d'eau annonça :

— Wulfgar Hahn, Protecteur de Braugne, présente ses salutations à l'Élue de l'Abbaye Camaéline.

La voix la fit sursauter. Elle avait été tellement concentrée, entre ses visions confuses et son échange télépathique avec Margot, qu'elle n'avait pas remarqué le soldat musclé d'âge moyen qui s'était avancé, jusqu'à ce qu'il prenne la parole.

L'homme esquissa une révérence, tourné vers Margot.

Mais Wulfgar Hahn ne s'inclina pas. Il l'observait, le regard impassible.

— Vous vous trompez, répondit Margot d'un ton glacial et hautain.

Elle n'était pas qu'un beau visage et un tempérament de feu. C'était aussi une sorcière accomplie et elle préparait son pouvoir afin de riposter au premier signe d'agression physique.

— Je ne suis pas l'Élue de Camaël. Je suis Margot Givegny, Première ministre du conseil de Camaéline, et si votre commandant a quelque chose à me dire, il peut s'adresser directement à moi.

Le soldat s'était renfrogné. Il ouvrait déjà la bouche pour répondre lorsque le Loup s'avança, posant une main gantée sur l'épaule de l'homme.

D'une voix de baryton, agréable et intense, il dit :

— Je vous ai fait savoir hier que je m'entretiendrais avec votre Élue.

Margot le regardait de haut et Lily dut se mordre la lèvre pour réprimer un sourire spontané. Personne ne jouait le dédain mieux que Margot quand elle en avait envie.

Sur un ton glacial, Margot répondit :

— Notre Élue ne se plie pas aux exigences laconiques des étrangers.

Le Loup baissa les paupières, occultant son regard sombre et vif, ce qui rendit son visage encore plus impénétrable.

— Votre réponse est bien fâcheuse.

Sa douce voix de baryton devint mordante :

— J'ai apporté des manuscrits ancestraux en cadeau pour elle et de l'or pour votre abbaye. Notre échange aurait pu se dérouler sous les meilleurs auspices.

En entendant « manuscrits ancestraux », Lily en oublia momentanément sa mission pour y penser avec un pincement au cœur. Mais aussi attirante que soit sa proposition, cela aurait été tout à fait inapproprié pour l'Élue de l'accepter.

— Notre devoir n'est pas de placer cet échange *sous les meilleurs auspices* pour vous plaire, répondit Margot. L'abbaye ne veut pas de vos cadeaux.

Le Loup haussa un sourcil noir. Aussitôt, son visage plutôt banal sembla contenir une menace satinée.

— Je vous ai abordés avec prévenance… bien plus, pour tout dire, que je n'en ai montré avec les autres principautés que j'ai rencontrées jusqu'à présent. Vous seriez bien avisée d'en prendre note.

— Je ne vois pas ce qu'il y a de prévenant à débarquer à nos portes avec toute une armée, siffla Margot entre ses dents.

D'un grand geste, Wulfgar désigna le rivage désert. Même la ville était silencieuse, la majeure partie des habitants ayant trouvé refuge sur l'île.

— Voyez-vous une armée quelque part ?

— Vous l'avez peut-être dissimulée, mais nous savons très bien qu'elle est là. Vous pensiez que nous ne le saurions pas ? Elle est postée de l'autre côté des bois.

Ce fut au tour de Wulfgar de parler entre ses dents :

— Je l'ai volontairement laissée à l'écart, encore une fois par prévenance. Je n'ai pas débarqué sur le pas de votre porte avec l'ensemble de mes troupes.

— Toutes les fermes autour de la ville font partie de Calles, rétorqua Margot. Vous *êtes* sur le pas de notre porte. Vous abattez les arbres de l'Élue comme bois pour le feu. Votre campement est dressé dans ses champs, vous chassez ses créatures et vous buvez dans ses cours d'eau sans permission. Vous avez pénétré illégalement sur sa propriété privée. Pour être *prévenant*, vous auriez demandé son autorisation avant que votre armée pose le pied sur nos terres.

Ils étaient magnifiques tous les deux, dans leur colère flamboyante. Sur une scène, ils auraient formé un formidable duo romantique, mais Lily avait l'impression que le Loup feignait l'indignation. Discrètement, il balayait la scène du regard dans ses moindres détails.

Il remarquait tout, elle n'en avait pas le moindre doute. En ce moment, il se rendait compte que le seuil taillé à même la roche, sur lequel se tenaient les prêtresses et les Défenseurs, était trop étroit pour permettre aux envahisseurs d'utiliser un bélier contre les imposantes portes cerclées de fer.

Longue de trois kilomètres, l'île était bordée de falaises. Il n'y avait aucune plage, rien que des rochers noirs et dangereux, dont une grande part se retrouvait immergée à marée haute. De nombreuses générations de tailleurs de pierre s'étaient succédé pour bâtir la vieille muraille surplombant la paroi rocheuse. L'Abbaye Camaéline était réputée imprenable et, au cours de sa longue histoire, plusieurs personnalités de renom y avaient trouvé refuge.

Le Loup et Margot continuaient leur échange animé. Avec leur débat en fond sonore, Lily pencha la tête et esquissa un petit pas de côté. Puis un autre. Son épaule heurta celle de la prêtresse sur sa gauche, qui lui lança un regard intrigué.

Elle avait espéré qu'un changement de perspective lui offrirait une vision plus précise, mais ce n'était pas le cas et elle poussa un soupir de frustration. L'analyse des psychés lui donnait toujours de précieux indices, mais elle était incapable de déchiffrer correctement celle du Loup à cause de l'agencement de la scène, tant qu'elle n'aurait pas de meilleur point de vue à partir duquel l'observer – et tant que le commandant et ses hommes seraient limités dans leurs mouvements par la barge.

Comme Margot ne permettrait pas au Loup de Braugne de poser le pied sur le quai étroit, Lily devait trouver un autre moyen d'obtenir les informations dont elle avait besoin.

Alors qu'elle se faisait cette réflexion, elle prit brusquement conscience qu'il s'était produit quelque chose d'important.

La discussion houleuse semblait avoir franchi un cap. Elle se rendit compte qu'un accord avait été suggéré et accepté, mais elle était tellement absorbée dans ses propres pensées qu'elle n'en avait pas saisi les conditions.

Soudain, Wulfgar darda sur elle son regard sombre et puissant. Déstabilisée par cette attention inattendue, elle se sentait transpercée, embrochée sur une pique.

Il répondit à Margot :

— C'est entendu. Je crois qu'une intermédiaire envoyée par l'abbaye me conviendrait parfaitement.

Puis il ajouta en désignant Lily :

— Je prendrai celle-ci.

Margot bouillonnait de rage.

— Vous ne pouvez pas choisir l'une de mes prêtresses comme un cheval au marché et exiger de la ramener avec vous !

— C'est bon, Margot, déclara Lily. Ça ne me dérange pas. Je veux bien y aller.

Les réactions ne se firent pas attendre au sein des deux groupes. Sur la barge, le Loup arqua un sourcil tandis que ses hommes échangeaient des coups d'œil furtifs.

Sur le quai, Margot tourna vivement la tête pour la regarder. Elle entendit le bruit de ferraille des armures qui s'entrechoquaient lorsque les Défenseurs s'avancèrent dans son dos, comme pour la retenir par la force physique.

Pourquoi était-elle le point de mire de tous les regards ? Elle fronça les sourcils et puisa dans sa mémoire pour se rappeler ce qui venait juste de se passer.

Des paroles avaient été prononcées, quelque chose du genre…

Vous auriez besoin de recevoir une bonne leçon.

Oh. Margot avait dit cela.

En réalité, elle n'avait pas *proposé* d'envoyer une émissaire auprès du Loup de Braugne. Elle s'était montrée sarcastique, mais il avait sauté sur l'occasion pour demander une intermédiaire et Lily avait persévéré dans son erreur.

Voilà qui était plutôt gênant.

Chapitre Deux

LILY N'ETAIT PAS douée pour la diplomatie et elle avait sans doute enfreint une dizaine de protocoles en intervenant au milieu de leur échange.

Pour tout dire, la jeune femme était une vraie catastrophe dans la plupart des situations.

Avec une grimace, elle se pinça l'arête du nez, puis elle adressa à Margot un sourire tout penaud.

Pour l'amour de la déesse, mais c'est quoi ton problème ? Tu ne peux pas partir avec lui ! lui hurla Margot par télépathie. Son expression demeurait parfaitement maîtrisée, mais une terreur larvée brûlait dans son regard.

Je crois qu'il le faut, répondit-elle d'un air confus.

Je vais te tirer de là. Les yeux de Margot étincelèrent. *Je vais taper du pied en tant que Première ministre et empêcher cela.*

Non, Margot… Je crois vraiment que je dois y aller. Je n'arrive pas à lire en lui tant qu'il se tient au milieu de ses hommes. Inutile de te dire à quel point il est important de comprendre les intentions cet homme-là.

En réalité, c'était même essentiel. Non seulement pour l'abbaye, mais également pour tous les habitants de Calles qui comptaient sur la gouvernance et la protection de l'île. Même si elle regrettait de faire peser une telle pression sur son amie, ils n'étaient pas sortis de l'enceinte de l'abbaye pour jouer la sécurité. Margot allait devoir l'accepter.

Les poings serrés contre ses cuisses, Margot semblait sur le point d'exploser à nouveau, mais cette fois elle garda le silence.

Lily se tourna alors vers la barge et regarda Wulfgar avant de prendre une décision.

Elle lui dit par télépathie : *Vous avez un empoisonneur dans vos rangs.*

Son regard dur et ténébreux se mit à irradier. Pour la première fois depuis qu'il était arrivé, le Loup de Braugne avait l'air sincèrement étonné.

Si Wulfgar etait le genre d'homme à apprécier les jeux d'argent, il aurait parié un millier de ducats d'or sur la jeune et fougueuse Première ministre. En ce moment même, la rousse au tempérament de feu entretenait une conversation télépathique enflammée avec la prêtresse menue qui avait accepté de représenter auprès de lui l'Abbaye Camaéline.

Tandis que la prêtresse acceptait la main de Jermaine et montait avec précaution sur la barge, la ministre opina à deux reprises. Puis elle secoua la tête, fit la grimace et haussa les épaules, comme pour ponctuer un dialogue interne qui contrastait fortement avec son visage impassible et serein.

Les lèvres du Loup frémirent. Certes, la petite prêtresse mettait les pieds sur un terrain inconnu, mais à la différence de la ministre, elle ne parvenait pas à maîtriser ses traits. Voilà qui s'avérerait utile. Il espérait bien lui soutirer de nombreuses informations.

Margot Givegny darda sur lui un regard implacable.

— Si vous touchez un cheveu de sa tête, je vous enverrai un sort qui vous hantera pendant le restant de vos jours.

Aussitôt, Wulfgar perdit toute ironie. Il répliqua d'un

ton sec :

— Je ne maltraite pas les femmes, sauf si elles ouvrent les hostilités.

La menace était à peine voilée. Si les yeux de Margot lui lançaient des éclairs, elle se garda bien de renchérir. Sur la barge, Jermaine aidait la prêtresse à trouver l'équilibre. Une fois qu'elle eut retrouvé le pied sûr, elle remercia le soldat par un petit sourire désarmant de douceur.

Il attendit que Jermaine lui lâche la main, puis ils amorcèrent leur retour laborieux vers le rivage. Lorsqu'elle se tourna enfin pour le regarder, il lui demanda par télépathie : *Qui est-ce ?*

Il ne lui demanda pas comment elle le savait. Il était de notoriété publique que les prêtresses de Camaël étaient des sorcières.

La femme jeta un regard méfiant autour d'elle. *Je n'en suis pas certaine. C'est difficile à dire tant que vous êtes tous ensemble. Je n'en perçois qu'un murmure.*

Elle mentait peut-être. Il n'écartait pas cette éventualité. Elle pouvait chercher à semer la discorde entre lui et ses hommes de main. D'ailleurs, il était possible que ce soit pour cette seule raison qu'elle ait accepté de partir avec lui.

Mais s'il y avait un empoisonneur dans ses troupes, cela pourrait expliquer beaucoup de choses. En fait, cela expliquerait précisément l'épidémie de dysenterie qui avait brutalement sévi dans ses rangs, mettant un frein à leur progression, en dépit des règles d'hygiène strictes que Wulfgar imposait à son camp.

D'un air grave, il lui dit : *En arrivant aux quais, je demanderai à tout le monde de s'aligner. Vous pourrez les passer en revue avec moi et me faire part de vos conclusions.*

La prêtresse sourit, soudain amusée. Ses yeux étincelaient. Comme son premier sourire, celui-ci transformait son visage fin, lui donnant une expression inhabituelle, presque spectaculaire. Wulfgar était un homme et il ne put s'empêcher de le remarquer.

J'ai très peu d'expérience sur les devoirs d'un intermédiaire, mais je suis quasiment certaine que cela ne fait pas partie de la fiche de poste, lui dit-elle. *J'ai été assez gentille pour vous avertir, mais je ne suis pas votre sorcière personnelle que vous pouvez interroger à votre guise. Vos problèmes avec vos hommes ne concernent que vous.*

Nous verrons bien, dit Wulfgar d'une voix douce qui raviva la méfiance de la jeune femme.

Pour quelqu'un qui n'avait jamais accordé beaucoup d'intérêt aux sorciers, les événements récents éveillaient la curiosité du guerrier. Il devait découvrir le fond de sa pensée. Tout le monde cherchait quelque chose, et mieux valait commencer par la méthode douce, si cela pouvait faciliter le dialogue.

Mais si la douceur – en l'occurrence l'or et les manus-crits ancestraux – échouait, il devrait trouver d'autres moyens d'arriver à ses fins.

Parce qu'il n'abandonnerait pas. Il n'échouerait pas. Et il ne ferait pas demi-tour.

Tandis que la barge effectuait lentement son retour vers le continent, il rengaina son épée, croisa les bras et observa sa nouvelle acquisition dans un silence circonspect.

Son attention ne semblait pas la troubler outre mesure. Voilà qui était inhabituel. Sous son regard scrutateur, la majeure partie des gens finissaient par perdre leur conte-nance.

Les personnalités dominantes trahissaient leur hostilité. D'autres devenaient anxieux et craintifs. Mais presque tous révélaient des détails utiles à exploiter.

Cette femme, en revanche, l'ignorait avec un détachement manifeste. Tournée vers le rivage, elle regardait à la dérobée les nombreux soldats qui l'entouraient. S'ils étaient grands pour des hommes, ils paraissaient immenses en comparaison avec son petit gabarit.

Il haussa un sourcil en direction de Jermaine, qui lui répondit avec un sourire en coin. Elle avait marqué un point en le surprenant, sur le quai de l'abbaye. Et un autre en soutenant son regard sans montrer le moindre signe de tension… ni aucune autre réaction visible.

Une fois le bateau amarré, Jermaine se hissa sur le quai glacial avec la souplesse d'un homme deux fois plus jeune. En se retournant, il tendit la main à la prêtresse, qui l'accepta avec un sourire de gratitude, avant de l'aider à monter en toute sécurité.

Quand elle eut retrouvé l'équilibre sur le quai, Wulfgar sauta hors de la barge. Elle posa sur lui un regard hésitant et, aussitôt, son expression changea. Quelque chose chez cet homme avait enfin attiré son attention, provoquant une réaction que son « regard qui tue », comme l'appelait Jermaine pour plaisanter, n'avait pas réussi à susciter.

Qu'avait-elle remarqué ? Il allait devoir le deviner. Il aimait ce petit jeu et il s'amuserait encore plus à l'utiliser à son avantage.

Il se retourna et quitta le quai à grandes enjambées en direction du rivage. En posant le pied sur la terre ferme, il marqua une pause. La mine sombre, il observa l'assortiment d'engins en métal couverts de glace entreposés entre les barreaux d'un long rayon métallique.

Il s'en était déjà étonné en arrivant sur le quai, la fois précédente. À présent, il avait quelqu'un à interroger.

Quand la prêtresse s'arrêta à côté de lui, il désigna les

machines en demandant :

— À quoi ça sert ?

Elle le regarda, stupéfaite.

— Ce sont des vélos… mon seigneur ? Excusez-moi, j'ai bien peur de ne pas savoir comment m'adresser à vous.

— *Commandant*, ça suffira. Qu'est-ce qu'un vélo ?

— Les vélos sont une invention terrestre. Ils fonctionnent parfaitement ici à Ys. J'ai oublié… il n'y a aucun passage de traverse à Braugne, n'est-ce pas ?

— Non, dit-il un peu sèchement. Seuls ceux qui vivent près d'un passage de traverse et récoltent les bénéfices économiques que cela engendre peuvent se permettre d'oublier ce genre de choses. Mais nous autres, habitants de Braugne, nous ne le savons que trop bien. Le passage le plus proche est presque à l'autre bout du continent.

Elle ouvrit de grands yeux, tellement abasourdie qu'il eut l'impression de l'avoir heurtée physiquement.

— Bien sûr, vous avez raison, dit-elle. Je vous présente mes excuses. Je ne voulais pas vous offenser. Quand j'étais enfant, je vivais dans une région éloignée de tout passage de traverse, alors je comprends très bien.

Contre toute attente, une pointe de remords lui traversa la conscience et il secoua la tête avec impatience :

— C'est à moi de vous présenter mes excuses. Vous ne pensiez pas à mal avec cette remarque.

— Mais vous avez raison. Il y a trois passages de traverse à proximité. Deux conduisent en France, et un autre au nord de l'Espagne. Calles importe beaucoup de choses de la Terre. À de nombreux égards, cela a grandement amélioré nos vies.

Elle s'approcha de l'engin métallique le plus proche et y posa la main.

— Prenez le vélo. On s'assied ici, sur la selle, et on pousse avec les pieds sur ces deux pédales tout en s'orientant avec le guidon. Il faut apprendre à garder l'équilibre, ce qui nécessite un petit entraînement.

Il la regardait attentivement. Son visage rayonnait quand elle parlait et il retrouvait ce petit quelque chose aussi indéfinissable que spectaculaire.

— Et quel usage en faites-vous ? demanda-t-il.

Encore plus radieuse, elle répondit :

— La plupart des gens voyagent plus vite et plus loin avec un vélo, et c'est bien moins coûteux qu'un cheval. Ils ne tombent pas malades et on n'a pas à les nourrir ni à posséder de pâturages. Cet été, l'Élue a versé une subvention au forgeron de la ville afin qu'il en fabrique quelques-uns pour les fermiers les plus pauvres des environs. En attachant un petit chariot derrière la roue arrière, ils peuvent transporter leurs denrées jusqu'au marché de la ville.

Ah, oui. La ville morte.

Il aborderait la question dans une minute.

— Alors, leurs vies se sont améliorées grâce à ces vélos, dit-il en scrutant méticuleusement les engins.

— Oui, et c'est aussi très amusant à piloter quand on prend le coup de main. Les enfants adorent.

Elle fronça les sourcils en regardant le chemin de terre verglacé en direction de la ville.

— Mais en hiver, ce n'est pas facile. Ys aurait besoin d'un bien meilleur système routier pour que l'on puisse s'en servir sur de longues distances. Cela dit, progressivement, nous améliorons l'état des routes autour de la ville.

— Je vois.

De toute évidence, elle ne se doutait pas de tout ce qu'elle trahissait en parlant d'un sujet qui la passionnait autant.

— Vous devriez peut-être rapporter un vélo à Braugne.

— Pourquoi pas.

Réticent à détruire l'équilibre fragile qu'ils avaient instauré, il préféra ne pas lui avouer qu'il ne retournerait pas de si tôt à Braugne.

Au lieu de quoi, il se tourna vers Lionel et ordonna :

— Major, faites monter la garde sur le quai et prévenez-moi s'il y a du mouvement du côté de l'abbaye. Jermaine et Gordon, restez avec moi et la prêtresse. Quant aux autres, retournez au campement.

— Oui, Commandant, répondit Lionel.

Tandis que ce dernier affectait deux soldats au premier tour de garde, Wulfgar se retourna pour surprendre le regard attentif de la prêtresse. Le vent glacial lui fouettait les joues, leur conférant une charmante teinte rose.

Elle lui dit :

— Si vous me faites confiance, vous épargnerez à vos hommes beaucoup d'efforts dans ce froid. Personne sur l'île n'ira nulle part tant que vous serez dans les environs.

— Vous avez peut-être raison, répondit-il en plissant les yeux vers l'île. À moins qu'ils changent d'avis. De toute façon, mes hommes ne sont pas ici pour ménager leurs efforts.

Elle se renfrogna à ces mots, mais elle se contenta de hausser les épaules.

Peut-être n'avait-elle pas envie, elle non plus, de détruire leur relation si fragile. Ou peut-être y avait-il autre chose.

Quoi qu'il en soit, il ne pensait pas qu'il y ait eu un quelconque sous-entendu dans sa suggestion. Elle était sincère. Ceux qui avaient trouvé refuge sur l'île n'auraient pas besoin de revenir s'approvisionner sur le continent.

D'après les rapports qu'il avait lus, les architectes de l'abbaye, morts depuis bien longtemps, avaient tiré profit de chaque centimètre carré de terrain. Ils devaient avoir des potagers, des arbres fruitiers, des champs de blé et de l'eau à profusion. Sans doute des animaux de ferme, aussi, ou du moins des poules et des chèvres, et peut-être quelques moutons.

L'île devait être bien fortifiée et seuls deux portails offraient une brèche dans les murailles de la forteresse. Le premier était celui du quai public qu'ils venaient de quitter, suffisamment large pour accueillir trois ou quatre barges, mais trop étroit pour leur permettre de décharger en même temps passagers et marchandises.

Dans l'un des textes qu'il avait examinés, l'auteur décrivait un second quai tourné vers le large. Plus petit et moins usité, il était en tout point similaire au quai public, avec un rebord étroit que les vagues de la haute mer rendaient encore plus glissant et dangereux, ainsi qu'un escalier taillé dans la falaise et barré par une lourde porte cerclée de fer.

En de telles conditions, un bélier était inutile et même si l'on enfonçait ces portes, il suffirait de quelques combattants pour défendre l'escalier. Les habitants de l'abbaye pouvaient repousser indéfiniment une invasion, alors que les forces assaillantes devraient affronter l'espace exigu, le quai étroit et la mer, en plus de ce que leur jetteraient les défenseurs du haut des murailles.

Ses hommes et lui étaient parfaitement capables de grimper en haut de ces falaises et de ces murs. Braugne était un pays montagneux et escarpé, et la plupart des soldats apprenaient à escalader avant même l'âge adulte.

Mais ce genre d'ascension serait trop laborieuse pour leur donner un quelconque avantage au combat. Il fallait des piolets, des pitons et des cordes. Certes, l'abbaye avait quelques angles morts sur les tours orientées vers la mer, mais il ne serait pas capable d'envoyer suffisamment d'hommes en haut des murs avant que l'alerte soit donnée et que l'on se mette à les bombarder de pierres – ou pire, d'eau et d'huile bouillante. Fatalement, ses soldats seraient précipités dans la mer.

Pendant ce temps, l'abbaye pourrait survivre pendant des années en état de siège, bien plus longtemps que les armées les plus persévérantes.

S'ils étaient assiégés, ils n'auraient aucun accès au monde extérieur, à leurs précieux passages de traverse comme au reste d'Ys. Et tôt ou tard, cet isolement les userait. Quoi qu'il en soit, leur véritable vulnérabilité restait la trahison.

Et le seul moyen de les avoir, c'était par l'intérieur.

Chapitre Trois

I L SE TOURNA vers Calles. Il était temps de s'intéresser à la ville morte.

— Venez, dit-il.

La prêtresse le rejoignit, et Jermaine et Gordon leur emboîtèrent le pas.

Tandis qu'ils parcouraient la courte distance vers la ville, elle remit sa capuche, mais elle ne se plaignait pas de devoir jouer les guides touristiques par un temps aussi hostile. Il commençait à l'apprécier.

Les mains jointes dans son dos, il accorda sa foulée sur la sienne.

— Comment vous appelez-vous ?

— Lily.

— Avez-vous un titre ? À Braugne, nous appelons *dame* toute prêtresse camaéline.

— J'ai toujours trouvé cela un peu pompeux. Comme je suis une enfant trouvée, je n'ai pas l'habitude d'un tel titre de noblesse. Appelez-moi Lily, tout simplement.

Il entendait le sourire dans sa voix. Pendant un instant, il eut envie de soulever sa capuche pour revoir son visage et ce petit quelque chose tellement spectaculaire.

Fronçant les sourcils pour réprimer cette impulsion malencontreuse, il dit :

— Vous n'étiez pas obligée d'accepter. Vous auriez pu

retourner au confort d'un bon feu de cheminée, dans l'abbaye. En tout cas, c'était ce que souhaitait votre Première ministre.

Elle répondit tristement :

— Margot est très protectrice.

— Et pourtant, quand j'ai évoqué la possibilité d'accueillir une prêtresse comme intermédiaire, elle ne m'a pas opposé d'objection. Seulement, elle ne voulait pas que ce soit vous.

Il la laissa méditer ses propos pendant un moment tout en l'observant, particulièrement intéressé par la réponse qu'elle lui donnerait.

Elle poussa un soupir si profond qu'il l'entendit malgré le vent.

— Nous nous connaissons depuis toujours ou presque, toutes les deux. Elle me chahutait quand on était petites, mais maintenant que nous avons dépassé tout cela, j'ai comme l'impression qu'elle veut se rattraper en m'enveloppant dans une pelote de laine et en me protégeant au fond d'un tiroir.

Il faillit sourire. Elle venait de botter en touche. Elle était très attentive à ce qu'elle disait, avouant une petite vérité sans trop en dévoiler.

— Vous êtes devenues amies, dit-il.

Elle éclata de rire.

— C'est toujours amusant de l'admettre, mais à mon grand étonnement, oui, nous sommes devenues amies.

— J'aime votre rire.

Son intonation était brutale, mais il disait la vérité. Son rire était chaleureux et contagieux. Si c'était une courtisane, il aurait bien pu s'offrir une nuit avec elle rien que pour son rire.

Lorsqu'elle lui jeta un coup d'œil derrière le bord de sa capuche, elle avait retrouvé toute sa méfiance.

— Merci.

Ils avaient atteint la rue principale de la ville. Tout en marchant, il contemplait les boutiques fermées et les maisons obscures. Dans quelques vitrines, on apercevait des produits de luxe.

Du chocolat, des savons parfumés et des paniers gourmands importés de la Terre. Dans une vitrine, des bocaux de caviar étaient empilés en pyramide entre des bouquets de roses en velours écarlate habilement confectionnés.

En voyant le caviar, il se remémora l'unique fois où il en avait goûté, une cuillérée étalée sur une tranche de pain plat croustillant connu sous le nom de biscuit salé. Il en eut l'eau à la bouche.

La majeure partie des technologies terrestres ne fonctionnaient pas dans ce que l'on appelait les Autres pays, comme à Ys où la magie occupait la première place. La plupart des armes, des appareils à combustibles et autres engins similaires étaient inutilisables, voire franchement dangereux, mais d'après son expérience, on ne pouvait rien reprocher aux denrées alimentaires.

Au bout de quelques pâtés de maisons, il dit :

— La majeure partie de la population est sur l'île, à ce que je vois.

— Oui, Commandant, répondit-elle d'une voix très professionnelle. Le conseil municipal a demandé à tout le monde d'évacuer la ville, mais certains ont refusé.

— Qui reste-t-il ?

— Il y a deux bordels qui espèrent gagner un peu d'argent grâce à vos hommes, ainsi que deux auberges ouvertes à tous les voyageurs qui chercheraient un lit chaud sous un toit pour trancher avec la rigueur d'un campement d'hiver.

Elle s'interrompit avant d'ajouter sur le même ton :

— Nous espérons simplement que vous ne maltraiterez pas les femmes, que vous ne pillerez pas les commerces et que vous ne réquisitionnerez aucun domicile sans permission de ses occupants.

Il s'arrêta brusquement. Il était en colère contre les habitants de la ville terrés sur l'île, contre leur maudite Élue qui avait décidé de jouer ce petit manège au lieu de le rencontrer ouvertement et contre cette fichue journée, glaciale et pitoyable.

Ressaisis-toi, Wulf, dit Jermaine. *Ce n'est pas sa faute.*

Il se tourna vers son compagnon pour le fusiller du regard. Puis il revint à grandes enjambées vers la boutique qui vendait les bocaux de caviar. Ses longues jambes parcoururent la distance en un rien de temps. Il retira ses gants, sortit un outil de sa poche et crocheta la serrure de la porte d'entrée.

Scandalisée, Lily l'avait suivi. Sa posture était raide, mais elle ne prononça pas un mot tandis qu'il enfonçait la porte avant d'entrer dans la boutique obscure.

Sur le seuil, Jermaine soupira.

— Autant entrer aussi, madame. Ça prendra peut-être quelques minutes.

— Le magasin n'est pas ouvert, répliqua-t-elle.

— Non. Mais il n'y a aucune raison de rester dehors par ce vent, à moins que ce soit absolument nécessaire.

Après un moment d'hésitation, elle entra, suivie par Jermaine et Gordon.

Wulfgar les ignora. Il y avait des vingtaines de petits pots de caviar ainsi que différentes sortes de pain salé. Il emporta tous les bocaux et les déposa sur le comptoir.

Il préférait le pain salé fabriqué à Ys à ceux que l'on importait de la Terre et il en déposa plusieurs paquets à côté des pots de caviar, avec des bouteilles de vin. Il s'était toujours demandé quel goût avait le chocolat et il en choisit quelques tablettes avant qu'une curieuse boîte métallique attire son attention.

Il la prit dans sa main et regarda attentivement les mots étranges écrits sur l'étiquette.

— Ra… vi…

— Ce sont des raviolis, intervint sèchement Lily. Le magasin en garde quelques boîtes en réserve, tout spécialement pour l'Élue qui aime bien ce petit plaisir.

— Eh bien, si c'est bon pour elle, c'est bon pour moi.

Il ajouta une boîte de conserve à sa sélection.

— Gordon, Jermaine, avez-vous envie de quelque chose ?

— Pas pour l'instant, Commandant. Plus tard, peut-être.

Gordon parlait poliment, mais Jermaine le regardait avec une certaine exaspération.

— Très bien, dit-il avant de s'adresser à Gordon. Calcule le total et laisse la pièce de monnaie dans un bocal derrière le comptoir. Quand tu auras terminé, apporte tout dans ma tente.

— Oui, Monsieur.

Pendant que Gordon s'affairait, Wulf se tourna vers Lily qui le dévisageait avec étonnement. Elle avait baissé sa capuche. Sous la friction, de fines mèches de cheveux bruns flottaient autour de sa tête, formant un halo délicat.

— Quelle que soit la durée de mon séjour à Calles, personne ne touchera cette pièce de monnaie derrière le comptoir.

Il faisait l'effort de parler à voix basse, mais sa colère était toujours vive.

— Le commerçant peut choisir de rester sur l'île, mais ça ne l'empêche pas de gagner sa vie. Si l'un de mes hommes veut acheter quelque chose, il ajoutera sa pièce à la mienne. Il n'y aura aucun pillage. Sous mon commandement, le châtiment en cas de viol, c'est la mort. Depuis le début de cette campagne, je n'ai pas eu à exécuter cette sentence une seule fois.

— Je vois, dit-elle à mi-voix.

— Tant qu'on y est, sachez aussi que je n'ai pas assassiné le seigneur de Braugne. Cette ignominie a été perpétrée par quelqu'un d'autre.

Son regard brillait d'une fureur contenue.

— Non seulement c'était mon demi-frère, mais c'était aussi mon ami le plus proche et je vengerai sa mort, même si je dois y consacrer le restant de mes jours.

Au fur et à mesure qu'il parlait, elle sentait le rouge lui monter aux joues. Prise au dépourvu, elle ouvrit la bouche et la referma. Lorsqu'elle prit enfin la parole, sa voix chevrotait :

— Nous avons entendu d'autres histoires.

— Je ne suis que trop conscient des rumeurs qui circulent, dit-il en serrant les dents. J'ai également vu les cadavres mutilés dans les fermes, et les champs réduits en cendres. Aucune de ces atrocités n'a été commise par moi ni par mes hommes.

— Je suis désolée pour ces horreurs.

Sa réponse était encore plus faible qu'avant.

Cette fois, il refusait d'éprouver le moindre remords.

— Bon, si nous avons fait le tour des questions, j'ai d'autres choses à régler.

Il se tourna vers Gordon et ordonna :

— Ramène-la au camp avec toi.

— Oui, Commandant.

✧　✧　✧

LILY DÉCIDA DE ne pas se vexer d'avoir été renvoyée au camp avec les achats du commandant, comme si elle faisait partie de ses possessions. Elle avait déjà causé assez d'ennuis pour l'après-midi.

Dissimulée à l'abri de sa capuche, elle rallia le camp en compagnie de Gordon. Il était taciturne et elle ne fit aucune tentative pour briser le silence.

Chaque parole passionnée sortie de la bouche du Loup lui avait semblé vibrante de vérité. Bien sûr, il n'aurait pas dû entrer par effraction dans la boutique, mais elle le soupçonnait d'avoir agi sur un coup de sang. En partant avec Jermaine, il avait pris la direction de l'auberge la plus proche, où une lumière dorée brillait à travers les fenêtres, éclatante dans l'atmosphère glaciale de cette journée maussade.

Elle se mordit la lèvre. Qu'allaient-ils faire et pourquoi l'avait-il renvoyée au campement au lieu de la garder avec lui ?

Peut-être réservaient-ils des chambres pour la nuit. Peut-être louaient-ils des femmes, et dans ce cas, eh bien, sa présence aurait été plutôt encombrante.

À cette idée, elle fit la grimace. Tout compte fait, c'était mieux ainsi. Les dieux lui soient témoins, chaque fois qu'elle ouvrait la bouche, elle risquait de dire quelque chose de travers. Moins elle aurait d'occasions de donner la migraine à tout le monde, mieux cela vaudrait.

Des feux de cuisine parsemaient le paysage, entre les tentes qui s'étendaient dans toute la vallée jusqu'à la lisière de la forêt. C'était une scène qui donnait à réfléchir. Il devait y avoir des milliers de soldats. Elle ne voyait pas de bétail et elle s'en étonna, mais lorsqu'elle entendit un hennissement du côté des arbres, elle comprit qu'ils se servaient des bois pour mettre leurs animaux à l'abri du vent.

Parmi les rangs bien ordonnés, elle repéra immédiatement la tente du commandant, plus imposante que les autres, avec deux gardes devant l'entrée. Elle balaya le camp du regard, mais elle ne décela aucune trace de cette magie du temps qui semblait s'être atténuée.

Devant la tente du commandant, Gordon souleva un pan de toile et lui fit signe d'entrer. À la fois intimidée et fascinée, elle franchit l'ouverture pour découvrir une agréable surprise.

L'intérieur était baigné de lumière et de chaleur. D'épais tapis recouvraient le sol et des tentures en laine suspendues devant les murs protégeaient de la rigueur hivernale. Des braseros réchauffaient l'air ambiant et éclairaient les lieux.

D'un côté, il y avait un espace à vivre, avec des sièges composés de lanières en cuir tendues sur des encadrements de bois. Une grande table formée de planches sur des billots de bois occupait l'autre côté de la tente. Dessus, des papiers étaient éparpillés ainsi que quelques cartes.

À l'exception des fils de couleurs tissés dans les tapis et les tentures, les lieux étaient plutôt ternes. Dans l'ensemble, c'était bien plus confortable qu'elle l'imaginait, et moins intimidant qu'elle le craignait. Un rideau de laine séparait la tente en deux espaces distincts. Noué sur le côté, il révélait le bord d'un lit impeccable.

Bientôt, la chaleur devint étouffante et elle retira sa cape. Gordon vida le sac de provisions et empila les achats en bout de table. Elle s'approcha.

Les cartes et les documents l'intriguaient. Elle avait envie de les feuilleter, mais Gordon était allé se poster près de l'entrée, d'où il la surveillait avec une mine impassible.

Sa psyché était bien plus éloquente. Quand elle adressa à Gordon un sourire poli, la silhouette sombre au-dessus de sa tête la foudroya du regard avec une animosité palpable.

Avec certaines personnes, il était impossible de se lier d'amitié. Elle avait appris il y a bien longtemps à masquer ses réactions devant les psychés qui l'entouraient… pour la plupart.

Elle demanda :

— Le commandant aurait-il quelque chose à me proposer en attendant ?

Au bout d'un moment, le soldat désigna une pile de livres sur une souche en bois près des sièges de l'espace salon. Elle s'approcha et s'empara des ouvrages.

L'un d'eux portait sur l'histoire de l'Abbaye Camaéline. L'autre était une collection de biographies sur l'ascendance des Élus. Le Loup de Braugne avait fait ses devoirs avant d'arriver.

Parcourant les biographies, elle constata que la dernière entrée documentée était celle de Raella Fleurise. Il n'était pas fait mention de la nouvelle Élue. Elle n'était pas étonnée. La date en début de livre indiquait qu'il avait été réalisé avant la mort de Raella, au printemps.

Des larmes inattendues lui montèrent aux yeux. Raella était âgée et elle était morte paisiblement de causes naturelles, en présence de son mari et de sa famille. On ne pourrait pas rêver d'une meilleure fin, mais en un sens, c'était la mère que Lily n'avait jamais eue et elle souffrirait de son absence pendant le reste de ses jours.

Refermant le livre, elle le posa sur la pile avec les autres.

Enfin, elle s'assit sur un siège au hasard et attendit patiemment que le commandant termine ce qu'il avait à faire en ville.

Bientôt, il fut de retour.

Elle avait dénoué la fermeture de sa veste matelassée et s'était assoupie quand des voix se firent entendre à l'extérieur de la tente. Elle se réveilla brusquement et la tente s'ouvrit, laissant entrer une bourrasque glaciale en même temps que le Loup. Jermaine le suivait de près.

Aussitôt, l'intérieur de la tente spacieuse lui parut beaucoup plus exigu – trop exigu, à vrai dire, bien plus intime que précédemment. Lily bougea et les yeux acérés de Wulfgar prirent connaissance de la scène : sa position près de l'un des braseros, la présence assurée de Gordon, les achats bien rangés sur la table.

Alors que son attention s'attardait sur les cartes et les papiers de l'autre côté de la table, le diable s'empara de la bouche de Lily.

— La curiosité est un péché, dit-elle d'une voix empreinte de piété. Bien sûr, j'avais envie de tout lire.

Son regard noir revint sur elle et il éclata de rire. Elle se demanda s'il n'en était pas le premier étonné.

Un sourire aux lèvres, Jermaine rassembla les documents et enroula les cartes. Wulfgar détacha son ceinturon et posa son épée sur la table. Tandis que Gordon retirait sa cape, son plastron et ses gants, il lui ordonna :

— Apporte-nous du vin chaud.

— Oui, monsieur.

Gordon baissa la tête et sortit, Jermaine sur les talons.

À présent, il n'y avait plus personne pour amortir l'impact de la personnalité de Wulfgar, et l'intérieur de la tente sembla rétrécir un peu plus.

Sous son plastron, il portait des rembourrages en cuir qu'il détacha tout en la rejoignant à côté du brasero. Lorsqu'il retira le carré de cuir pour le jeter sur une chaise, elle constata qu'il portait une chemise en lin noire ouverte sur la solide colonne de sa gorge hâlée.

Sa puissance irradiait dans l'air. La puissance de sa personnalité, la puissance de la déesse.

Elle réprima l'envie de reculer, s'efforçant de rester ferme devant lui.

Sa psyché… sa psyché était l'ombre d'un loup, immense, accroupi comme s'il s'apprêtait à bondir, et qui la regardait droit dans les yeux sans sourciller.

Le doute était impossible. C'était bien l'un des deux hommes qu'elle voyait dans ses visions depuis plusieurs années. Cela faisait un moment qu'elle savait qu'il viendrait à Calles, mais à présent qu'il était là, elle était démunie et ne savait absolument pas quoi faire.

Il tendit au-dessus des charbons ardents ses mains couvertes de cicatrices et il lui dit d'un ton affable :

— Je suppose que vous avez observé le campement. C'est l'une des raisons pour lesquelles vous avez accepté de venir, n'est-ce pas ?

Elle lui répondit prudemment :

— En effet. Oui, je l'ai regardé.

— Avez-vous appris ce que vous vouliez savoir ?

— Je n'en suis pas encore certaine, admit-elle. À l'abbaye, nous avons des bribes d'informations diverses et je ne comprends toujours pas comment elles s'agencent.

Il se tourna franchement vers elle. C'était un simple changement de posture, mais les petits cheveux sur sa nuque se dressèrent aussitôt.

Sur un coup de tête, elle ajouta :

— Je n'ai senti aucun mage du temps dans votre camp.

Le destin était comme un fleuve doré qui les emportait sans ménagement vers des berges inconnues. Les visions s'accumulaient à la périphérie de son champ visuel jusqu'à ce qu'elle ne sache même plus ce qu'elle disait ou faisait.

Margot avait raison d'être terrifiée à l'idée de la laisser sortir de l'abbaye. On ne devrait jamais laisser Lily toute seule.

Il pinça les lèvres avec sévérité.

— C'est parce qu'il n'y en a aucun. Vous pensiez vraiment que j'étais derrière ce début d'hiver rigoureux ?

S'efforçant de rester ancrée dans le moment présent, elle haussa une épaule.

— Essayez de comprendre la situation de notre point de vue. Vous savez toutes les horreurs que nous avons entendues à propos de votre armée en approche. Une force d'invasion capable de mettre le feu aux fermes et d'exécuter les gens pourrait très bien se servir de la météo comme d'une arme pour soumettre une population.

Il secoua la tête en reniflant.

— Une décision pareille affecterait mes troupes et tout le monde autour de moi. Aucun général en pleine possession de ses moyens ne lancerait de campagne en plein cœur de l'hiver. Et en ce moment, il fait tellement froid pour la saison que c'est exactement ce qui va nous arriver si l'on n'arrête pas ces mages du temps. Ils essaient de me mettre des bâtons dans les roues.

Tout en l'écoutant, elle pressait les jointures de ses mains fermées contre sa lèvre inférieure. Ce qu'il disait était parfaitement cohérent.

— Avez-vous des mages dans votre armée ?

— Pas aussi talentueux que les prêtresses camaélines,

répondit-il en grommelant. Pourquoi croyez-vous que je suis venu avec des manuscrits et de l'or en cadeaux ? Si je prenais l'habitude d'offrir autant de richesses à tous ceux que je rencontre, je n'aurais plus les finances suffisantes pour payer mon armée. Mes mages font de leur mieux pour repousser les attaques météorologiques, mais ils ne sont pas assez nombreux. Ils s'épuisent et nous campons toujours à ciel ouvert.

La peau fine autour de ses yeux se plissa lorsqu'elle fit la grimace.

— Vous avez besoin d'un abri.

— Oui. C'est pourquoi je suis allé en ville. J'ai rencontré les propriétaires des auberges et du bordel pour négocier un accord permettant à mes hommes de s'y réfugier à tour de rôle. Demain, Jermaine et moi, nous essaierons d'identifier l'empoisonneur parmi les soldats qui étaient dans la barge cet après-midi. Je souhaite aussi négocier avec les habitants de Calles la location de leurs maisons. Demain matin, vous pourrez rapporter à l'abbaye les détails de ma proposition.

Elle se renfrogna.

— Je peux essayer.

L'impatience du Loup était manifeste sur son visage.

— Étant donné que, de toute façon, ils se cachent sur l'île, je ne vois pas pourquoi ils n'en profiteraient pas pour se faire un peu d'argent. Mon or a tout autant de valeur que celui des autres.

— Vous avez raison sur ce point, c'est plus compliqué que cela. Pour les habitants de la ville, il ne s'agit pas uniquement de toucher des loyers pendant leur absence.

Pinçant l'arête de son nez entre le pouce et l'index, elle essaya de réfléchir à la question comme l'aurait fait Margot.

— Je compatis avec votre situation, mais ce serait exactement comme si l'Élue avait accepté vos cadeaux. C'est un choix politique, un soutien en apparence. En acceptant, Calles prendrait position.

— Calles va bien devoir choisir son camp, rétorqua-t-il. Guerlan ou Braugne. C'est inéluctable.

Tandis qu'il parlait, Lily sentit un souffle d'air sur sa peau, comme si la cape d'un colosse la frôlait en passant, et elle sut que la déesse était proche.

Naturellement, il avait raison. Elle le sentait venir depuis son enfance.

À l'image des pierres et du sable déplacés par la marée sur la plage, les visions avaient varié au fil des ans, jusqu'à se fixer récemment sous forme d'une dichotomie immuable.

Un hiver rude après une maigre récolte. Les royaumes d'Ys en proie aux troubles.

Une ombre sur le pays, comme si le soleil s'éteignait. Le fracas des épées.

Deux hommes, un loup et un tigre, s'affrontant dans un combat mortel. L'un d'eux avait une avidité insatiable qui réduirait Ys en poussière.

Et la chute de Calles. Dans chaque vision mouvante, c'était l'unique passage qui demeurait inaltérable.

— Non, murmura-t-elle avec un pincement au cœur. Nous ne pouvons pas rester neutres, n'est-ce pas ? Même si nous le souhaitons…

— On dirait que vous avez vu un fantôme.

Elle chassa les images qui la troublaient et afficha un sourire forcé.

— Il n'y a pas de fantômes, rien qu'un avenir incertain.

Le regard de Wulfgar était trop clairvoyant et elle n'était pas rassurée. Il choisit délibérément de détendre l'atmosphère en disant :

— L'avenir va devoir attendre encore quelques heures. Je n'ai pas déjeuné et je meurs de faim.

Il tourna les talons et se dirigea vers la table, où il dévissa le couvercle d'un bocal de caviar. Puis il déchira un paquet de pain salé, dégaina le couteau de son ceinturon, déposa un peu de caviar sur le biscuit sec et lança le tout dans sa bouche. Les yeux mi-clos, il mâcha avec un plaisir évident.

En le voyant savourer ce mets délicat avec une telle béatitude sensuelle, elle en avait la chair de poule. C'était… érotique. La chaleur se propagea sur sa peau à l'évocation de ce mot.

— Avez-vous déjà goûté du caviar ? demanda-t-il.

— Non, répondit-elle en regardant fixement le brasero. Je n'ai pas essayé la majeure partie de ce que vend cette boutique. Les imports de la Terre sont très chers.

La grande main de l'homme apparut dans son champ de vision, lui tendant un biscuit salé tartiné de caviar.

— Tenez.

Stupéfaite, elle leva les yeux vers son visage.

— Oh… merci ! Mais je ne saurais accepter.

— Ne soyez pas ridicule, dit-il en se renfrognant. Prenez.

— Je…

Ses protestations s'éteignirent quand elle vit ses sourcils se rejoindre sur son front. Acceptant le biscuit sec que lui tendaient ses longs doigts, elle le grignota avec curiosité. Des perles de saveur salée et des miettes croustillantes se désagrégèrent dans sa bouche.

Une lueur amusée pétilla dans les yeux sombres de l'homme.

— Vous avez un visage expressif, mais en ce moment, je

ne parviens pas à le déchiffrer. Qu'en pensez-vous ?

Elle déglutit avant de répondre :

— Honnêtement, je n'en sais rien. Je n'ai pas le palais très fin pour les produits de la mer. C'est très intéressant. Intense.

— C'est fabuleux. Prenez-en plus. Non ? Alors, du chocolat.

Avant qu'elle puisse protester, il ouvrit l'emballage d'une tablette de chocolat, qu'il brisa pour lui en offrir un morceau. Lorsqu'elle agita la main, il lui dit d'un air soudain circonspect :

— Vous avez déjà mangé du chocolat, et vous aimez cela.

— J'adore ça, avoua-t-elle avec un petit gémissement.

Elle était en proie à l'indécision la plus totale. Était-ce convenable d'accepter ? En temps normal, les conventions sociales n'étaient déjà pas son fort.

Et le chocolat, elle le sentait déjà. C'était un parfum divin.

— Pour l'amour du ciel. Qu'y a-t-il ? Si vous adorez cela, alors pourquoi vous en priver ? Ce n'est que de la nourriture, pas des manuscrits ni de l'or.

Il en prit un morceau et le glissa entre les lèvres de la jeune femme.

Stupéfaite par cette intrusion soudaine dans son espace personnel, elle sentit sa bouche s'ouvrir toute grande et sa langue entra en contact avec la friandise sucrée. C'était ridicule. Elle ne pouvait pas la recracher maintenant. Elle l'avait déjà sucée.

Elle croisa son regard et éclata de rire en ramenant les mains sous son menton pour éviter de laisser échapper le morceau de chocolat par accident.

Il sourit. Et au-dessus de sa tête, son loup aussi souriait.

Derrière elle, une bourrasque glaciale s'engouffra et elle se retourna en même temps que le commandant.

Gordon venait d'entrer, un plateau avec deux coupes et un pichet en étain sur les bras. Son expression demeurait toujours aussi impassible, mais en voyant leurs visages hilares, sa psyché devint plus affûtée, plus sombre. Et lorsqu'il leur offrit le contenu du plateau, la psyché alla jusqu'à souffler méchamment sur Lily.

Elle prit soin de ne pas réagir. Alors qu'elle s'emparait d'une coupe, son regard alterna entre Gordon et les boissons.

Était-ce l'empoisonneur qu'elle avait perçu sur le quai ?

Chapitre Quatre

ON, SON VIN était sans danger, elle le sentait, et cet homme était trop franc pour employer du poison. Elle en était quasiment convaincue. S'il devait tuer quelqu'un, il s'attaquerait à la gorge. Ou au cœur.

Le poison exigeait une patience exemplaire, des nerfs d'acier et la faculté de mentir à quelqu'un avec aplomb sous la pression – ou du moins de l'induire en erreur.

— Merci, dit-elle en l'acceptant.

Elle hocha légèrement la tête et tendit à Wulfgar l'autre coupe, avant de poser le pichet sur la table.

— Ce sera tout, monsieur ?

— Non, commande aussi le dîner de bonne heure, dit Wulfgar. Demande à Jada d'apporter deux assiettes pour la prêtresse et pour moi. Je voudrais que tu lui prépares un couchage. Après le repas, nous l'installerons pour la nuit. Je veux qu'elle reste à proximité.

Une fois de plus, il disposait d'elle comme si c'était une possession. Les sourcils froncés, elle ouvrit la bouche, mais Gordon fut le premier à parler.

— Dois-je lui céder ma tente ? demanda-t-il. Étant donné qu'elle est voisine de la vôtre, ce serait facile pour les gardes de la surveiller aussi. Je peux me préparer une paillasse ici, si cela vous convient. Ou si vous préférez, je suis certain que Jermaine ne verra pas d'inconvénient à ce que je m'installe avec lui. Il vous suffira de me faire appeler en cas de besoin.

— D'accord, tu iras dormir avec Jermaine, dit Wulfgar. Une fois que le dîner sera prêt, je n'aurai plus besoin de tes services avant le matin. Et n'oublie pas d'ajouter dans ta tente un autre brasero et du combustible en quantité. Et un couchage supplémentaire aussi.

— Très bien, monsieur.

Après un salut de la tête, Gordon prit congé.

Les yeux baissés sur le contenu de sa coupe, Lily fit claquer sa langue. Quand Wulfgar se tourna vers elle, elle sentit son attention, presque comme un contact physique.

— Pourquoi cette tête ? demanda-t-il avec humour.

Elle prit une gorgée, plus pour gagner du temps que par réel désir de boire. Elle savait ce que ferait Margot – Margot fulminerait devant le traitement autoritaire et elle lancerait sans doute une autre dispute, mais cela ne lui semblait pas très productif.

Le vin chaud, épicé avec de la cannelle, des clous de girofle et de l'orange, était une explosion de saveurs. Après avoir avalé, elle avança prudemment :

— Je n'ai pas l'habitude que l'on parle de moi comme si je n'étais pas là, ni que l'on me manipule comme un… une caisse pleine de livres. Mais il faut dire que je n'ai pas l'habitude de jouer les intermédiaires, alors…

— Je comprends. La prochaine fois, je vous inclurai à la discussion.

Il s'assit, étirant ses longues jambes, et sirota son vin.

— Et d'après vous, quel est votre rôle ?

Elle haussa les épaules.

— Je ne suis pas une servante, mais je ne suis pas non plus une ambassadrice officielle. Je… Nous… En un mot,

Margot m'a demandé d'essayer de me comporter correctement et de vous expliquer tout ce que vous souhaiteriez savoir.

— Et d'évaluer mon camp. Alors, allez-y, évaluez-moi.

Son regard était pénétrant. Elle éprouvait la même impression que tout à l'heure, sur le quai. Il l'observait attentivement et voyait sans doute en elle plus qu'elle ne voulait lui montrer. Cette pensée lui fit monter le rouge aux joues.

— Oui, avoua-t-elle.

— Alors… évaluez-moi.

Désignant le siège vide en face de lui, il demanda :

— Que voyez-vous ?

Elle s'approcha pour s'asseoir tout en le dévisageant. Sa chemise en lin noir révélait les lignes nettes et fortes de son cou et le gonflement des muscles en haut de ses pectoraux. Malgré sa posture détendue, il maîtrisait l'espace. Le bout de ses bottes touchait presque les siennes. Sa chevelure sombre tombait sur son front, conférant à ses traits sévères un regard presque enfantin.

Non, ce n'était pas le bon mot. Il n'y avait rien d'enfantin chez cet homme dangereux, qui se prélassait avec désinvolture en face d'elle.

Espiègle. C'était le mot. Ses cheveux ébouriffés contrastaient avec la discipline dont il faisait preuve jusqu'à présent. Manifestement, sa présence l'amusait.

Elle dit :

— Vous recelez une rage forte et vous êtes bien résolu à accomplir ce que vous avez décidé. Cela ne pouvait pas attendre le printemps, vous aviez besoin d'une action immédiate. Vous ne ferez pas demi-tour et vous ne changerez pas de cap. Mais vous êtes discipliné et malgré votre colère, vous pensez au bien-être de vos hommes. D'après le peu que j'ai vu, vous avez un code d'honneur que vous êtes bien déterminé à respecter, du moins quand vous le pouvez. Je ne vous ai pas vu suffisamment à l'œuvre pour savoir ce qu'il adviendrait de ce code sous la contrainte.

Tandis qu'elle parlait, la lueur espiègle dans ses yeux s'éteignit et elle se tut, brusquement hésitante. Peut-être l'avait-elle mal interprété. Peut-être ne voulait-il pas réellement savoir ce qu'elle pensait. Mais dans ce cas, pourquoi lui avait-il posé la question ?

Elle avait envie de se faire toute petite. Décidément, elle n'avait aucun talent dans *aucune* situation sociale.

— Ne vous arrêtez pas, dit-il en versant le reste du vin dans sa coupe. Vous venez à peine de commencer.

Alors, il souhaitait vraiment entendre la suite. N'est-ce pas ?

En se mordant la lèvre, elle poursuivit :

— Vous n'excluez pas de saisir toutes les occasions qui se présenteront sur votre route et vous cherchez constamment à faire tourner les choses à votre avantage. Vous êtes un stratège. Je ne suis pas douée pour la stratégie et je ne me hasarderais pas à jouer aux échecs avec vous, parce que vous avez toujours quatre coups d'avance. Vos paroles avaient l'accent de la vérité lorsque vous avez dit que vous n'aviez pas tué le seigneur de Braugne. Vous n'avez pas précisé qui était le coupable, d'après vous, mais il est évident que vous considérez le roi de Guerlan comme un adversaire. On peut donc en tirer quelques conclusions. Et pourtant, votre campagne ne se résume pas à venger la mort de votre seigneur. Vous avez l'âme d'un conquérant.

Elle hésita et se força à conclure :

— Je crois que vous ne prendrez aucun repos tant que

vous n'aurez pas soumis Ys à votre loi.

À la fin de son discours, il la regardait avec la même expression dure et austère que sur la barge, plus tôt dans la journée. Imprévisible. Sans compromis. Le loup de sa psyché la regardait, lui aussi, sa silhouette tendue, prête à bondir.

Il dit alors d'une voix douce et posée :

— Je ne m'y attendais pas.

✧   ✧   ✧

WULF REGARDA LILY se mordre la lèvre.

Cette femme était un modèle de finesse : ses traits subtils, les os délicats sous sa peau fine, les cheveux échappés de sa coiffure qui tombaient sur ses épaules en cascade de soie. Ses doigts minces s'attardaient sur le bord de sa coupe et la lumière du brasero révéla un jeu d'ombres discrètes sur les muscles de sa gorge lorsqu'elle déglutit.

Il avait connu et apprécié à leur juste valeur de nombreuses femmes dans sa vie, mais Lily n'était pas simplement belle.

Elle était fascinante.

Contrairement aux dames élégantes qui se protégeaient la peau, elle était bronzée par le soleil d'été, ce qui ne masquait pourtant aucune des variations de couleur que trahissaient ses joues.

Elle demanda avec une pointe d'ironie :

— C'était trop ?

— Pas du tout. Pour être honnête, je ne pensais pas que vous en étiez capable, dit-il en posant sa coupe de vin. Je commence à comprendre pourquoi votre Première ministre a accepté que vous m'accompagniez.

Un observateur moins attentif que lui n'aurait pas remarqué la réaction presque imperceptible qui avait figé ses traits.

Mais il s'en rendit compte et il attendit les aveux qu'elle jugerait bon de lui faire.

Penchée sur son verre, elle but une autre gorgée avant de demander :

— Que voulez-vous dire ?

Il réprima un sourire. Elle se servait de cette coupe lourde et encombrante comme pour s'y cacher.

Sa naïveté était amusante. Après toutes les observations perspicaces qu'elle venait de faire, elle devrait comprendre que rien ne pourrait la dissimuler maintenant qu'il avait rivé son attention sur elle.

Il dit :

— Vous êtes peut-être mal à l'aise dans les situations sociales, mais vous vous rattrapez amplement par votre discernement.

Il marqua une pause avant d'opter pour une intonation plus légère.

— Je crois que vous devriez reprendre du chocolat.

Elle se redressa en ouvrant de grands yeux, puis l'ébauche d'un sourire raviva cet éclatant et spectaculaire quelque chose.

— Non, merci. Je… je crois qu'il ne vaut mieux pas… Je n'aurais pas dû manger ce premier carreau, si ce n'est que vous me l'avez fourré dans la bouche. Qu'étais-je censée faire ? C'est trop précieux pour que je le recrache sur votre tapis.

— Je pourrais recommencer, dit-il à voix basse, presque en un murmure. Je pourrais déposer un autre carreau entre vos lèvres. Que ferez-vous, alors ?

Elle rencontra son regard avec, sur le visage, un mélange

délicieux de refus scandalisé, de désir impuissant, et ce rire contenu aux ailes frémissantes comme celles d'un papillon blanc dans un vent impétueux.

Une connexion invisible palpitait entre eux, indéniable, étonnamment puissante.

Il l'avait volontairement provoquée. Mais il ne s'attendait pas à trouver sexy ce petit brin de femme un peu gauche.

Lentement afin de ne pas l'effaroucher, il abandonna sa posture détendue et se leva en demandant d'une voix toujours basse :

— Voulez-vous savoir ce que je vois en vous ?

Perdant toute trace d'humour, elle répondit :

— Je ne crois pas que ce soit un emploi très productif de ce moment passé ensemble, Commandant.

Il regrettait presque qu'elle ait perdu son sourire. Presque… car cette consternation était encore plus délicieuse que tout le reste.

Mais il était agacé qu'elle tente de prendre ses distances.

— Ne m'appelez pas Commandant. Appelez-moi Wulf.

Il s'empara de la tablette de chocolat entamée sur la table et s'approcha d'elle.

— Et selon vous, que serait un emploi du temps productif ?

— Nous pourrions continuer de discuter de Calles, et de Braugne, et du meilleur moyen de… de…

Il s'agenouilla devant elle et elle recula dans son siège, ses yeux hagards alternant entre son visage et le chocolat qu'il tenait à la main. Délicatement, il lui ôta le verre des mains.

— De *quoi*, Lily ? demanda-t-il en détachant de la tablette un carreau de chocolat. De renforcer les relations entre nous ?

Les couleurs si attrayantes se propagèrent à nouveau sur sa peau fine et elle fronça les sourcils.

— Vous ne devriez pas être aussi… aussi…

— Je ne devrais pas être aussi *quoi*, Lily ?

Il se pencha vers elle et murmura tout en frôlant, avec le carreau de chocolat, sa lèvre inférieure charnue :

— Je crois que vous savez très bien ce que j'ai l'intention de faire. Dites-moi oui ou dites-moi non.

Les yeux dans ses yeux, il voyait bien qu'elle commençait à se demander s'il parlait toujours du chocolat. Ses lèvres charmantes et délicates s'entrouvrirent et se mirent à trembler, sur le point de prononcer leur réponse.

En cet instant, il éprouvait un désir aussi tranchant qu'un coup d'épée. Insérant le chocolat entre ses lèvres écartées, il le fit glisser sur sa langue. Après une brève hésitation, elle referma la bouche sur la friandise et la suçota doucement.

Il prit une grande inspiration silencieuse en sentant son entrejambe se manifester. Oh, oui. À présent, ils avaient amorcé une conversation bien différente.

Le rabat de la tente se souleva et un homme élancé, enveloppé dans une cape, fit brusquement son apparition. C'était Jada, qui apportait le repas sur un plateau.

Devant cette intrusion, Lily s'écarta de Wulf en s'essuyant la bouche du revers de la main. Il se leva lentement, abandonnant sa position agenouillée. Un militaire expérimenté savait quand persévérer et quand battre en retraite.

Jada s'était arrêté net. Son regard vif alternait entre Lily et Wulf, avant de revenir sur le plateau chargé qu'il tenait en équilibre.

— Pour l'amour du ciel, l'ami ! s'exclama Wulf. Ne reste pas planté là avec la tente ouverte. Entre !

— Bien sûr, monsieur !

L'autre homme s'avança aussitôt et le rabat de la tente retomba derrière lui, les protégeant contre le froid piquant.

— Je dresse votre table et je m'en vais.

Wulf jeta un coup d'œil à Lily. Elle s'était emparée d'un livre et l'avait ouvert, faisant mine de lire attentivement le texte, les joues écarlates. Il réprima une forte envie de rire.

Il ne se rappelait pas à quand remontait la dernière fois qu'il avait désiré une femme aussi farouchement que celle-ci, ni la dernière fois qu'il s'était autant amusé.

Notre discussion n'est pas terminée, lui dit-il d'une voix télépathique mielleuse.

Elle ferma brutalement le livre et en prit un autre. *Je ne vois pas de quoi vous parlez, Commandant.*

Pas « Commandant ». Wulf.

Oh, très bien — Wulf ! Je n'aurais pas dû manger ce deuxième carreau de chocolat. Je risque bien d'aller en enfer pour cela.

De quoi parlez-vous ? Il avait envie de rire. *Quel est cet enfer que vous évoquez, et pourquoi y seriez-vous envoyée pour avoir mangé du chocolat ?*

Elle se voûta en répondant. *Les religions des Races Anciennes n'ont pas vraiment d'enfer, en réalité. C'est un concept terrestre. C'est là où vous finissez quand vous vous êtes mal comporté.*

Et en quoi vous êtes-vous mal comportée ? Est-ce la politique menée ? Le soutien apparent ? Parce que toutes les preuves de transgression en matière de chocolat ont déjà fondu. Incapable de résister plus longtemps, il se dirigea vers elle.

Même si elle ne levait pas les yeux de son livre, sa respiration s'accéléra lorsqu'il se rapprocha. Elle était tout aussi consciente de sa présence que lui de la sienne.

Il s'avança dans son dos et se pencha pour murmurer à son oreille :

— Du calme. Je vous donne ma parole que personne ne saura jamais ce qui se déroule dans cette tente.

Il observait son profil dans la lumière dorée, la langue qu'elle passait sur ses lèvres, l'ombre dentelée que la courbe de ses cils noirs projetait sur ses joues. Elle le regarda du coin de l'œil et il faillit la prendre dans ses bras sur-le-champ, malgré le serviteur qui déposait les plats sur la table derrière eux.

Il n'avait pas de temps à consacrer à cela. À elle.

L'assassin de son frère était assis sur le trône de Guer-lan. Les mages du temps s'acharnaient sans relâche contre son armée et il avait des ambitions. Oui, par les dieux, elle avait raison. Il avait des ambitions.

Cette femme n'avait aucun rôle à jouer dans ses objec-tifs, dans ses plans. Et pourtant, il avait envie de badiner, ne serait-ce qu'un moment, de partager un peu de chaleur par une nuit d'hiver glaciale, de sourire aux mille façons dont elle se dévoilait avec une absolue transparence en le surprenant malgré tout.

De découvrir le goût de sa bouche, la sensation de son corps contre le sien.

Dans l'intimité fugace créée par son imposante stature, debout entre elle et le serviteur, il posa la main sur son épaule et effleura la peau satinée de son cou, la ligne de son menton. Il la sentit déglutir à son contact et cette infime interaction le rendit dur comme la pierre, à tel point qu'il dut s'écarter.

Se rapprocher ou s'éloigner.

— Je vais remplir les coupes de vin, monsieur, et vous les apporter à table, chuchota Jada.

Aussi basse que soit la voix du serviteur, c'était une intrusion fracassante. Lily sursauta en échappant à son contact, referma violemment le livre et l'abattit sur la pile. Ses mains tremblaient.

Après une profonde inspiration pour se ressaisir, Wulf mit un frein à sa colère et répondit au serviteur en s'efforçant de garder son calme :

— Bien sûr.

S'affairant dans l'espace réduit, Jada récupéra les coupes et les posa sur la table avant de les remplir, puis il recula. Réprimant un sourire, Wulf se demanda comment se déroulerait la conversation avec Lily pendant le dîner. Il était impatient de le découvrir.

Elle avait reculé de plusieurs pas et elle le regardait fixement, comme si elle s'attendait à ce qu'il se jette sur elle.

Et de toute évidence, il en était tenté.

Mais un stratège savait aussi faire durer le jeu.

En désignant la table, il dit :

— Venez vous asseoir. Pendant mes campagnes, les repas ne sont pas sophistiqués, mais ce sera chaud et rassasiant.

— Ça sent très bon.

Son regard se posa sur la table et ses sourcils fins se rejoignirent sur son front. Elle s'approcha et prit place sur l'une des souches avant même qu'il puisse la tirer pour lui permettre de s'asseoir, puis elle inspecta la nourriture dans son assiette.

À son tour, Wulf aussi jeta un œil sur son assiette. Elle était remplie de généreuses tranches de chevreuil rôti, avec pommes de terre, carottes et sauce à la viande. Comme tout était clairement identifiable, il se demandait bien la raison de son examen attentif.

— Je vous l'ai dit, ce n'est pas très raffiné, mais j'ai un bon cuisinier et l'un de mes gardes goûte chaque plat avant qu'on me l'apporte sous la tente.

Il s'assit en face d'elle et prit sa coupe de vin.

En la portant à ses lèvres, il vit son visage changer.

Elle se leva d'un bond et, du plat de la main, elle asséna un coup sur le verre qui s'envola dans les airs. Le vin gicla dans un long jet cramoisi semblable au sang jaillissant d'une artère sectionnée.

Quand il croisa son regard terrifié, elle avait les yeux hagards. Une agressivité meurtrière déferla dans son corps et ses pensées s'emballèrent comme un cheval au galop.

Ils s'étaient déjà servis à partir du pichet. Quand on l'avait apporté dans la tente, le vin avait été goûté. La seule façon dont il avait pu être empoisonné, c'était…

Avant même que la coupe de vin, emportée dans un arc de cercle, amorce sa descente vers le sol, Jada passa à l'action et dégaina un long couteau du fourreau à sa ceinture. Wulf s'empara de son épée au moment où l'autre homme renversait la table d'un violent coup de pied.

Les planches n'étant pas clouées au cadre de bois, tout fut projeté à terre, les plats, les bocaux de caviar et le chocolat. Une planche percuta Wulf en plein torse, le forçant à reculer. Lily, qui s'éloignait d'une démarche vacillante, trébucha et tomba sur le tapis, les quatre fers en l'air.

Jada bondit.

Vers Lily.

Wulf agrippa son épée par le fourreau, mais il n'eut pas le temps de sortir la lame. Avec un grognement, il repoussa la planche et se rua sur l'homme, le frappant de plein fouet.

Agile comme un chat, Jada tournoya en lui assénant un

coup de couteau. Wulf brandit le fourreau de son épée. Il parvint à parer la lame pour protéger son cou, mais une douleur lancinante lui brûla la paume à l'endroit où le couteau de Jada s'était enfoncé.

Lily lâcha un cri. Toujours à terre, sous les deux hommes, elle avait roulé sur le ventre et elle essayait de s'échapper.

Wulf affermit sa poigne sur le fourreau pour s'en servir comme d'une arme contondante et il donna un coup de crosse au visage de Jada. La pommette de l'homme se fendit sous le choc.

Bien souvent, il suffit de quelques fractions de seconde pour déterminer l'issue d'un combat.

La décision de se déplacer sur la gauche et non sur la droite. De la feinte au lieu de l'esquive.

Choisir de reprendre son souffle au lieu de s'élancer de *toutes* ses forces, au mépris de vos instincts qui vous hurlent de n'en rien faire, au mépris des risques de blessure.

Le combat de Jada prit fin dès l'instant où il poussa un hurlement en tombant à la renverse. Il continuait à se battre, il résistait toujours. Il croyait peut-être rester dans la course, mais Wulf en avait décidé autrement.

Wulf refusait de lâcher prise, quoi qu'il en coûte. Il devait surfer sur la crête de la vague. Quand la fureur du combat prenait possession de lui, elle segmentait la scène en fractions de seconde décisives, lui donnant une force et une rapidité bien supérieures à celles de son adversaire.

Il revenait sans cesse à la charge comme un bélier, frappant Jada sans relâche. Du sang giclait de sa plaie à la main et des nombreuses blessures qui lacéraient à présent le visage tourmenté de Jada. Les yeux plissés, Wulf n'avait qu'un seul et unique objectif assassin : écraser comme un œuf le crâne de l'homme.

Afin de protéger son visage derrière son avant-bras, Jada fit un geste brusque. Wulf se saisit de son poignet et le brisa. Le couteau dégringola sur le tapis.

Le vent froid pénétra dans la tente en même temps que les gardes faisaient irruption à l'intérieur.

Soudain, un poids s'abattit sur son dos et, par-derrière, des bras minces s'enroulèrent autour de son cou.

Lily lui cria à l'oreille :

— Wulf, arrête ! Tu vas le tuer !

Il en fut tellement surpris qu'il s'arrêta net.

Chapitre Cinq

B IEN PLUS TARD, roulée en boule sur sa paillasse dans la tente de Gordon, Lily écoutait le vacarme gronder au sein du campement.

Wulf et ses soldats s'agitaient depuis un moment. Pendant qu'elle attendait, les images des événements de la soirée lui revenaient pêle-mêle dans la tête.

La lueur dans les yeux de Wulf lorsqu'il avait caressé la peau sensible de son cou.

La férocité résolue avec laquelle les deux hommes s'étaient battus. Wulf s'était changé en tueur, à l'exact opposé de l'homme espiègle qui avait déposé un carreau de chocolat dans sa bouche avec une infinie douceur.

Cela ne l'avait pas empêchée de sauter sur son dos. Elle avait presque envie de rire en se remémorant l'incrédulité sur son visage quand il lui avait lancé un regard noir par-dessus son épaule. Mais au fond, elle était toujours en état de choc et il était encore trop tôt pour faire de l'humour à ce sujet. Malgré toutes les bizarreries qu'elle avait vécues au cours de ses vingt-sept années d'existence, elle ne s'était jamais retrouvée au milieu d'un combat.

Et elle avait atteint son objectif. Il s'était interrompu assez longtemps pour qu'elle lui dise :

— Tu n'obtiendras aucune réponse en le tuant.

C'était à ce moment-là que la raison était réapparue dans

son regard. Il s'était relevé, abandonnant le corps de l'homme face contre terre, et elle avait relâché sa poigne. Aussitôt, des mains brutales l'avaient attrapée par la nuque en lui tordant un bras dans le dos.

Wulf avait fait volte-face, aboyant au garde qui s'était emparé d'elle :

— Bas les pattes ! Elle ne m'attaquait pas.

Instantanément, le garde l'avait libérée en bredouillant des excuses tandis que les autres encerclaient le serviteur. Des psychés violentes et dangereuses la secouaient, aussi vivement que les bourrasques cinglantes qui pénétraient la chaleur de la tente. Gordon déboula sur ces entrefaites, accompagné de Jermaine. Ils avaient tous envie d'en découdre, mais le combat était déjà terminé.

Wulf était devenu l'œil calme et sinistre du cyclone. Le tueur sauvage reculait et le commandant reprenait sa juste place. Il débita ses ordres et l'on emmena le serviteur. Elle frissonna en pensant à ce que serait la fin de vie de cet homme.

Il aurait pu mourir vite, si elle n'avait pas interrompu le duel. Et cela aurait été plus clément.

Se retirant près du bord de la tente, elle était restée en retrait jusqu'à ce que Wulf apparaisse brusquement devant elle. Quelqu'un avait noué un chiffon autour de sa main blessée.

Lui saisissant les deux bras, il lui dit avec empressement :

— Dis-moi où tu es blessée.

— Quoi ? Non, je ne suis pas blessée, répondit-elle en clignant des paupières.

Elle aurait de sacrés hématomes là où ils l'avaient piétinée avant qu'elle puisse s'éloigner, et ses côtes lui faisaient un mal de chien, car une planche l'avait percutée en se détachant de la table, mais c'était tout. Elle se faisait bien plus mal que cela, quand elle était petite, en tombant des arbres.

Il s'approcha jusqu'à ce que son torse effleure le sien. Elle sentait la chaleur émaner de lui. Malgré la foule qui occupait les lieux, elle était tellement immergée dans sa présence qu'elle avait presque l'impression d'être seule avec lui.

Il lui caressa le front, puis la joue. Quand il s'écarta, ses doigts étaient couverts de sang.

— Tu saignes.

Elle baissa les yeux sur les taches écarlates qui maculaient le coton blanc de sa propre chemise, puis elle leva la tête et sourit en découvrant sa mine renfrognée.

— C'est ton sang, pas le mien. Tu en as mis partout pendant le combat.

Il posa brusquement la main sur elle, à l'endroit où son cou rejoignait son épaule. En sentant le poids ferme et implacable de sa main, elle se rendit compte qu'elle tremblait.

— Ne t'interpose *plus jamais* dans un combat !

— En tout cas, il fallait bien que quelqu'un t'arrête, rétorqua-t-elle en se frottant le front. Tu ignores s'il est le seul à te trahir.

— Tu aurais pu être gravement blessée, ou même tuée, poursuivit-il en la regardant, les yeux dans les yeux.

Était-ce une dispute ? Elle ne saurait le dire. La journée avait été mouvementée, elle était fatiguée et l'énergie que sa frayeur lui avait procurée commençait à retomber.

— Mais je ne suis pas blessée.

Sa voix chaude de baryton se fit alors entendre dans sa

tête. *Mon médecin a prélevé des gouttes de vin dans le pichet. Son taux de belladone était bien supérieur à ce qui aurait pu causer la dysenterie dans mes troupes. Il a dit que quelques gorgées auraient suffi à causer ma mort. Tu m'as sauvé la vie.*

Il avait basculé en communication télépathique et elle en fit de même. *Il faut croire, oui.*

Elle n'y avait pas pensé. Dès qu'elle avait compris que le vin avait été empoisonné, elle avait réagi. Si elle avait été machiavélique, elle se serait carrée sur sa chaise et elle l'aurait regardé boire l'intégralité de sa coupe. Ainsi, la question épineuse que leur posait le Loup de Braugne aurait été réglée.

Le rôle qu'elle avait joué dans le destin de l'empoisonneur la perturbait, mais l'éventualité que Wulf soit passé à un cheveu de la mort lui donnait la nausée.

Et c'était extrêmement déconcertant, à tout le moins.

Il passa le pouce sur sa peau dans une caresse que sa longue chevelure dissimulait aux regards indiscrets. *Merci.*

Incapable de parler, elle hocha la tête.

Jermaine apparut à côté de Wulfgar. Son expression sévère était aux antipodes du visage avenant de l'homme qui l'avait aidée à monter et à descendre de la barge.

— Nous sommes prêts.

— Très bien.

La voix de Wulfgar retrouva tout son sérieux, même s'il semblait réticent à la lâcher.

— Nous devons savoir s'il travaillait avec quelqu'un d'autre au camp, et si oui, qui sont ses complices. Je veux aussi connaître la raison de sa traîtrise. Lui a-t-on offert de l'argent ou les espions de Varian l'ont-ils menacé ? Quand il a compris qu'il était découvert, ce n'est pas moi qu'il a attaqué, mais Lily. Je veux savoir s'il y avait une raison, et si elle est encore en danger.

À ces mots, Lily retint son souffle et elle se figea comme un lapin traqué par des chiens de chasse.

Comme si, en restant immobile, elle ne craignait rien.

Jermaine s'arrêta pour réfléchir.

— Je lui poserai la question, mais quand je pense à votre combat, il ne faisait absolument pas le poids. Il devait bien savoir qu'il ne gagnerait pas. Alors il espérait peut-être l'utiliser comme otage, parce que c'était le seul moyen de s'en sortir vivant, vu qu'il était fait comme un rat.

Le visage de Wulfgar se ferma encore davantage.

— Peut-être, mais s'il arrive quelque chose à la prêtresse que l'on m'a confiée, nous pouvons nous asseoir sur nos espoirs de collaboration avec l'abbaye. Nous devons en avoir le cœur net.

Il ajouta d'une voix forte :

— Gordon !

Comme par magie, Gordon apparut instantanément.

— Monsieur.

— Installe Lily dans tes quartiers et apporte-lui son dîner. Et double les gardes à l'extérieur.

Il se tourna vers elle :

— Je viens de décider pour toi comme si tu étais un coffre rempli de livres.

Ce n'étaient pas des excuses, mais au moins, c'était un signe de reconnaissance. Bêtement, elle avait envie de lui sourire, mais elle réfréna son impulsion. Ses impulsions et ses émotions étaient exaspérantes, troublantes, et elles échappaient à son contrôle.

Elle dit :

— Tu as beaucoup de choses à gérer.

— Oui, et je retournerai tout le campement avant le

matin s'il le faut pour m'assurer que nous avons éradiqué toute tentative d'empoisonnement.

Il fronça les sourcils.

— Demain, nous aurons du pain sur la planche. Essaie de te reposer.

Sur un coup de tête, elle effleura le dos de sa main sans pouvoir s'en empêcher.

— Ne t'inquiète pas pour moi. Ça va aller. Bonne nuit, Commandant.

Il se rembrunit et, pendant un instant, on eût dit qu'il allait la réprimander de l'avoir appelé ainsi, mais l'un de ses gardes l'appela. Après un bref hochement de tête, il sortit à grandes enjambées, Jermaine sur les talons.

En partant, ce fut comme s'il emportait le peu de chaleur qui restait dans la tente. Frissonnante, elle resserra sa veste autour d'elle.

Gordon retira sa cape pour la déposer sur les épaules de la jeune femme. En sentant la douceur l'envelopper, elle haussa les sourcils.

— C'est très gentil. J'ai eu comme l'impression que vous ne m'appréciiez pas beaucoup.

Comme d'habitude, elle avait dit le fond de sa pensée avant même de réfléchir à ses paroles, mais il ne sembla pas vexé. Croisant son regard, il répondit :

— Vous avez sauvé la vie de mon commandant. Je ne vous déteste pas.

Il disait la vérité. Quand elle leva les yeux vers sa psyché, son animosité avait disparu.

— Mais vous avez tout de même besoin de votre cape, et la mienne doit bien se trouver quelque part.

— Je l'ai déjà retrouvée. Elle est hors d'usage. Elle a été éclaboussée par le vin empoisonné et foulée au pied. Venez.

Il la conduisit à l'extérieur. Elle sentit à peine la morsure du froid avant qu'il la fasse entrer dans une tente voisine, plus modeste. L'intérieur était très sommaire. Il y avait une paillasse fournie en couvertures et fourrures, un petit coffre et deux braseros qui dégageaient une chaleur si intense qu'elle se débarrassa aussitôt de la cape pour la lui rendre.

— Je reviens tout de suite avec un autre dîner, lui dit-il. N'ayez pas peur. En dépit des événements récents, les plats du commandant sont toujours surveillés très attentivement et je goûterai moi-même votre repas.

Pendant un bref instant, elle sentit l'exaspération la gagner. Il semblait avoir oublié que c'était elle qui avait dévoilé la tentative d'assassinat. Mais comme elle ne souhaitait pas mépriser son bel élan de courtoisie, elle se contenta de répondre :

— Merci.

Fidèle à sa parole, il lui apporta de quoi manger ainsi qu'une autre cape. C'était un vêtement militaire, simple et fonctionnel, trop ample pour elle. Une fois qu'elle se fut rassasiée, elle l'enveloppa autour de ses épaules et somnola jusqu'à ce que l'agitation retombe.

C'est alors que la magie du temps reprit. Le froid devint terrible, et quand elle jeta un œil hors de la tente, ce fut pour constater qu'une neige épaisse s'était mise à tomber.

Elle n'osait pas perdre plus de temps. Plus elle restait, plus elle risquait d'être découverte. C'était le moment ou jamais. Avec un soupir, elle adressa une prière silencieuse à la déesse.

Et Camaël lui répondit.

Un colosse invisible traversa le campement. Les cheveux se dressèrent sur la tête de Lily et elle eut la chair de poule lorsque la présence de la déesse envahit la tente. Quand cette dernière la survola, la lumière des braseros diminua et elle distingua les objets autour d'elle comme au travers d'un voile.

Elle souleva le rabat de la tente et sortit sur la pointe des pieds. Des hommes montaient la garde, devant sa tente et celle de Wulfgar, debout autour des feux de camp nourris pour repousser le froid. Ils étaient emmitouflés sous plusieurs couches de vêtements et se tenaient près d'un sorcier qui récitait des incantations dans un murmure rauque continu afin de tenir à distance la magie du temps.

Bien que les lieux soient éclairés, personne ne se retourna lorsque Lily se faufila derrière eux pour s'aventurer dans le campement animé.

À plusieurs reprises, des soldats la croisèrent au pas de course. Elle évita de justesse l'un d'entre eux qui faillit la renverser, mais aucun ne la regarda. Elle franchit discrètement la ligne de sentinelles et passa près du sorcier qui montait la garde pour les soutenir. Ses talons crissant dans la neige, elle progressa sur la route sinueuse en direction de la ville et des quais.

Là-bas, deux gardes et un sorcier veillaient au grain, gaspillant inutilement leur précieuse énergie pour surveiller l'île, alors qu'aucun des habitants qui avaient trouvé refuge dans l'abbaye ne se risquerait à partir sans la permission de l'Élue. Ils ne remarquèrent pas Lily lorsqu'elle s'avança sur le quai recouvert de glace.

La nuit n'était qu'une immense étendue bleu foncé, traversée par de gros flocons de neige verglacée qui piquaient la peau, sous la lune voilée derrière une épaisse couche de nuages.

On devinait la présence de l'île au loin, sombre et imposante, éclairée par intermittence par de vifs éclats lumineux qui se reflétaient dans les fenêtres des tours. Lily avait une telle envie de retrouver le confort et l'abri de sa propre chambre qu'elle en sentait presque le goût sur sa langue.

Elle fronça les sourcils en observant les énormes barges peu maniables. Non seulement étaient-elles prises au piège de la glace, mais il aurait fallu deux personnes à leur bord pour les manœuvrer.

Elle dit à la déesse : *Si vous aviez la bonté de m'aider à rentrer chez moi…*

En réaction à sa requête, la glace craqua et bougea. Penchée au-dessus de l'eau, elle vit un bloc de glace à la dérive s'approcher et s'arrêter juste à côté du quai. Il semblait plus volumineux que les autres. Sans doute était-il assez solide pour supporter son poids. Elle soupira.

La déesse murmura : *N'oublie pas. Tu dois avoir le courage d'un lion, et surtout, foi en ma présence.*

La déesse avait déjà prononcé ces mots un jour, quand Lily était très jeune, mais la foi était bien plus facile chez un petit enfant qui ne comprenait pas réellement les dangers du monde.

Les dents serrées, elle posa timidement le pied sur l'échelle glissante et atterrit sur le morceau de glace. Il oscilla doucement dans l'eau et elle retint son souffle, mais il soutenait son poids. Pendant un moment, rien ne se produisit.

Puis la glace se mit à avancer.

Refermant autour de son buste la cape qu'on lui avait prêtée, elle regarda l'île se rapprocher. Suivant attentivement son regard, la glace ne fit pas cap vers le quai principal, mais vers le second, plus petit et discret, orienté vers le large.

Enfin, elle descendit avec précaution. Tout le paysage était recouvert de glace, particulièrement épaisse à l'endroit où les vagues s'écrasaient constamment sur le rebord en pierre. Or comme le quai était strié et inégal, elle parvint à trouver l'équilibre malgré ses semelles lisses. Sortant une grosse clé de sa poche, elle se dirigea vers la porte cerclée de fer, mais elle était couverte d'une épaisse couche de glace.

Génial. Franchement génial. Elle regarda le paysage marin à moitié gelé et incroyablement isolé, autour d'elle, puis elle leva les yeux vers la falaise au-dessus de sa tête. En dépit des preuves irréfutables du soutien de la déesse, elle se sentait ridicule et très seule.

Elle invoqua alors sa magie et la propulsa dans un jet d'énergie puissant et mal dégrossi. Sous l'impact, la porte trembla et la glace dont elle était recouverte vola en éclats. Renouvelant sa magie, elle s'appuya contre la porte et se concentra afin de sentir la lourde barre qui se trouvait de l'autre côté. Après plusieurs tentatives pour la soulever par télékinésie, elle entendit enfin un bruit sourd. C'était la barre qui tombait sur les marches.

À présent transie de froid, elle tâtonna maladroitement avant d'insérer la clé dans la solide serrure métallique. Ses doigts engourdis lâchèrent la clé et elle dut s'agenouiller pour la récupérer. Au second essai, la porte s'ouvrit brusquement. Elle bascula en avant et s'étala de tout son long.

Des Défenseurs à la mine grave s'étaient regroupés dans l'escalier, de l'autre côté. Certains portaient des torches tandis que d'autres brandissaient leurs épées. Quelques marches plus haut, elle découvrit une Margot échevelée accompagnée d'autres prêtresses, leurs pouvoirs prêts à frapper.

Des exclamations fusèrent au-dessus de sa tête. Quelqu'un la hissa sur ses pieds tandis que les autres scrutaient attentivement le paysage désolé.

— Lily !

Margot jouait des coudes pour descendre. Elle jeta un bref coup d'œil à l'extérieur.

— Bon sang, mais comment es-tu arrivée ici ?

— Sur un b… un bloc de glace, dit-elle en claquant des dents.

Margot répéta sur un ton incrédule :

— Tu es montée sur un bloc de glace qui dérivait en pleine mer ? Dans une tempête de neige ?

— Eh bien, je n'étais pas toute seule…

Tout le monde la regardait avec un mélange de consternation et d'émerveillement.

— Je n'avais pas pensé que la porte de ce côté de l'île serait fermée par le gel. J'ai dû faire éclater la glace avant d'essayer de l'ouvrir.

— Certains d'entre nous ont senti l'impact du pouvoir.

Après avoir ordonné que la porte soit refermée et verrouillée, Margot lui prit les deux mains.

— Par la déesse, on dirait que tu t'es changée en glaçon. Dégagez le passage !

Lily laissa Margot passer un bras autour de sa taille et l'entraîner dans l'escalier. Elle ne s'interrompit que pour lui dire :

— Nous sommes tellement convaincus d'être imprenables que nous n'avons pas jugé bon de poster des sentinelles ici.

Aussitôt, Margot se retourna et lança d'une voix forte :

— Vous l'avez entendue ? Je voudrais que l'on y remédie. Si Lily peut entrer par effraction, n'importe quel sorcier en est capable.

— Oui, madame. Je vais organiser un roulement pour faire surveiller la porte vingt-quatre heures sur vingt-quatre, lui promit le capitaine des Défenseurs.

Alors qu'elles gravissaient la volée de marches et longeaient les couloirs, les membres glacés de Lily commencèrent à dégeler et un épuisement profond s'abattit sur elle. Elle se mit à frissonner.

— Dis-moi ce dont tu as besoin, dit Margot en resserrant son bras autour de ses épaules. Un repas ? Du thé ?

— Rien pour le moment, répondit-elle en claquant des dents. J'ai juste envie de me réchauffer et d'aller me coucher.

En arrivant à la chambre de Lily, Margot claqua la porte au nez des autres prêtresses qui les avaient suivies, intriguées. Elle conduisit Lily vers la chaleur d'une grande cheminée où un feu grondait déjà.

Dans le foyer de Camaël, les flammes ne s'éteignaient jamais. Reconnaissante, Lily se laissa tomber sur une pile de coussins entassés au sol et se rapprocha le plus possible de la chaleur.

Accroupie à côté d'elle, Margot lui prit les mains et les frotta vivement entre les siennes, les lèvres pincées.

— Qu'est-ce qui t'a poussée à revenir d'une manière aussi saugrenue ? Il t'a fait du mal ?

— Non ! s'exclama-t-elle avant d'ajouter, plus calmement : Non, pas du tout. Il m'a très bien traitée, pour tout dire. Je… Il s'est passé beaucoup de choses et je dois prendre le temps d'y réfléchir. De toute façon, il allait me renvoyer ici au matin, mais je risquais d'être découverte. Je préférais partir avant.

— S'il avait appris qui tu étais, il ne t'aurait peut-être pas laissé partir, dit Margot avec ferveur. Bon, le reste peut attendre que tu te sois réchauffée et que tu aies dormi un peu, non ?

— Oui… oui, je crois. Non, attends.

Elle empoigna les mains de Margot quand l'autre femme commença à reculer.

— Je ne pense pas qu'il soit responsable de la magie du temps. Quoi qu'il en soit, nous ne pouvons pas rester les bras ballants et laisser cet état perdurer, quels qu'en soient les responsables. Parce que si cela continue, il sera contraint de tenter quelque chose d'imprudent.

— Et nous n'aimerons peut-être pas ce qu'il fera, compléta Margot.

— Pour le moment, il essaie de rester civil, mais s'il n'a pas le choix, il prendra possession de la ville, dit-elle. Il doit protéger ses troupes. Et puis, cette magie du temps est puissante, Margot. Ce n'est pas bon. Bientôt, des gens vont mourir, si ce n'est pas déjà arrivé. Et si nous n'intervenons pas alors que nous en avons la capacité, nous deviendrons moralement coupables. Je veux six équipes composées de Défenseurs et de nos prêtresses les plus expérimentées. Elles doivent partir à la recherche des mages responsables et les arrêter à n'importe quel prix.

La réaction de Margot était complexe, un mélange de peur et de satisfaction dans ses yeux d'un vert profond.

— Je dois avouer qu'un peu d'action nous fera du bien. Le problème, dans ce cas-là, c'est que nous perdrons notre neutralité apparente.

Lily secoua la tête et dit avec impatience :

— Je te l'ai déjà dit. De toute façon, nous n'avions aucune chance de rester neutres.

— La guerre se prépare, c'est inéluctable, chuchota Margot.

— Non, c'est impossible, dit Lily. D'une manière ou d'une autre, Calles va tomber – aux mains de Guerlan ou de Braugne. C'est terminé, nous ne pouvons plus rester une principauté indépendante.

Chapitre Six

LES TRAITS DE Margot se crispèrent.

— D'après toi, combien de temps reste-t-il ?

— Je n'en sais rien. Pas longtemps.

— Parviens-tu à voir ce qui va se passer ?

— Non, dit-elle en frottant son visage fatigué. Mais à nous de faire en sorte, en renonçant à notre autonomie, de prendre la bonne décision pour notre peuple. Camaël m'a préparée toute ma vie à transmettre cet unique message. Toutes les visions et tous les rêves qu'elle m'a envoyés – absolument tout – conduisent à cela.

— Je te crois, dit Margot en lui massant le dos. Mais quand nous formerons nos équipes pour les envoyer en mission, le conseil va s'y opposer. Personne ne remet en cause ta légitimité. Toute l'abbaye a assisté à la cérémonie de l'Élection, Gennita a oint d'huile nos fronts à chacune, et nous avons tous vu ce magnifique éclat de lumière lorsque l'huile a touché ta peau. Mais les gens étant ce qu'ils sont, c'est un changement crucial et terrifiant auquel nous devons faire face.

— Eh bien, il n'est pas encore question de prêter allégeance à qui que ce soit, dit Lily. Nous passons à l'action parce que c'est la chose la plus juste que nous puissions faire. Nous devons sauver des vies.

— Je suis d'accord, mais il y aura des conséquences. Tu

ne choisis peut-être pas ton camp tout de suite, mais ce qui est sûr, c'est que tu te mettras à dos les commanditaires des mages du temps, quels qu'ils soient. Ça ne plaira pas à tout le monde.

— Et c'est exactement pour cela que j'ai créé le poste de Première ministre.

Lily se tourna et posa sa tête sur l'épaule de Margot.

— Tu t'occupes du conseil pendant que je réfléchis aux meilleures dispositions à prendre et aux étapes nécessaires pour y arriver.

— C'était notre accord, admet Margot sur un ton désabusé.

— Alors, c'est à toi de mener ce combat, pas à moi, ajoute joyeusement Lily. Et nous savons très bien que tu adores les bons gros combats.

Margot éclata de rire en la serrant dans ses bras.

— Et moi qui croyais que je ne désirais rien de plus au monde que de devenir l'Élue de Camaël… maintenant, je ne t'envie pas du tout, Lily.

— Tu as bien raison.

Après le départ de Margot, Lily regarda longuement les flammes dans l'âtre en espérant obtenir des réponses aux questions qui la taraudaient, mais la présence de la déesse s'était retirée.

Elle allait devoir faire des choix qui conduiraient Calles et l'abbaye vers la bonne destination. Elle devait choisir entre les deux hommes, le loup ou le tigre.

L'envahisseur de Braugne ou le royaume voisin de Guerlan.

L'un d'eux ouvrirait la porte à un avenir meilleur. L'autre les détruirait.

Lily avait beau chercher un éclaircissement, Camaël ne

lui avait jamais donné de visions au-delà de ce choix crucial, mais elle avait le pressentiment que le bon choix serait… exceptionnel, en un sens. La prospérité était au bout de ce chemin, et peut-être même des perspectives de bonheur.

Le mauvais choix, en revanche, entraînerait Calles dans la pire catastrophe de son histoire. S'ils empruntaient ce chemin, ils seraient nombreux à ne pas survivre. Ys n'en réchapperait peut-être pas.

Lily était nouvelle à ce poste. Elle n'avait pas encore eu l'occasion de rencontrer Varian, le roi de Guerlan, mais ce royaume avait toujours vécu en paix avec Calles et l'abbaye, et les lettres que Varian lui avait envoyées étaient fort bien écrites. Elle ignorait s'il était bienveillant ni s'il avait le sens de l'humour, toujours est-il qu'il lui avait paru équilibré, réfléchi et juste.

Et maintenant, elle venait de rencontrer le Loup de Braugne.

Elle l'avait rencontré, elle l'avait apprécié et elle était attirée par lui comme par aucun homme auparavant. Le guerrier solitaire qui l'avait taquinée avec une telle sensualité était absolument irrésistible.

Ce même homme était un tueur sanguinaire à l'âme de conquérant. Mais cela ne lui semblait pas mauvais. *Il* ne lui semblait pas mauvais.

Elle avait toujours cru qu'elle reconnaîtrait le bon dès qu'elle pourrait l'évaluer, mais elle s'était trompée. Tout ce qu'elle avait espéré de ces événements, tout ce qu'elle avait cru comprendre, avait cédé au chaos.

À la place de Margot, elle non plus n'envierait pas sa situation.

Enfin, épuisée et les membres lourds, elle entra dans la salle de bain pour faire sa toilette. Ce fut un réconfort indescriptible de se laver, d'enfiler sa vieille chemise de nuit douillette et de se glisser dans son propre lit.

Elle s'endormit dès que sa tête toucha l'oreiller et, aussi-tôt, elle fut emportée dans un rêve.

Un homme la rejoignait dans son lit et déposait un baiser sur son épaule nue.

Elle protesta en bâillant : *Cette fois, tu avais juré que tu ne rentrerais pas tard.*

Je sais, excuse-moi. Il l'attira dans ses bras. *Mes généraux n'arrêtaient pas de parler. Laisse-moi me rattraper.*

Le pays était en guerre et elle s'était changée en bohémienne pour le suivre, mais il avait fait l'effort de rendre leurs quartiers privés confortables et chaleureux, et leurs nuits étaient remplies de paix, de passion et de chaleur.

Son corps puissant était nu, comme le sien, et les muscles qu'elle sentait dans son dos étaient à la fois délicieusement exotiques et agréablement familiers. Comme une fumée invisible, le plaisir déployait ses tentacules brûlants le long de ses terminaisons nerveuses.

Elle dut se forcer pour paraître bougonne en répondant : *Chut. Je suis concentrée sur mon sommeil.*

Tu en es sûre ?

Son murmure rauque effleura son oreille tandis qu'une longue main ferme se glissait sous le renflement de son sein nu. *En es-tu vraiment sûre ?*

Ses caresses étaient tellement agréables qu'elle avait envie de se cambrer comme un chat sous ses doigts. Au lieu de quoi, elle répondit en feignant l'agacement. *Oui, vraiment sûre !*

Du bout des lèvres, il frôla le lobe sensible de son oreille. Ses doigts dessinaient des cercles sur sa peau. *Je n'avais encore jamais connu quelqu'un qui parle de manière aussi intelligible tout en dormant. Tu es une femme pleine de talents. Tiens, je suis curieux de voir si tu peux aussi embrasser dans ton sommeil.*

Quand il l'étendit sur le dos, elle pinça les lèvres malgré l'immense sourire qui les étirait traîtreusement. *Tu es l'homme le plus têtu que je connaisse. Tu arrives toujours à tes fins ?*

Oui, je dois bien l'avouer.

Il avait l'air tellement sûr de lui qu'elle éclata de rire tout en essayant de distinguer son visage plongé dans la pénombre.

Son corps connaissait le sien et son cœur avait déjà cédé, mais pour une raison quelconque, elle ignorait les traits de son visage et il était d'une importance capitale qu'elle le voie.

Il baissa la tête. Son haleine était mentholée lorsque ses lèvres chaudes se posèrent sur les siennes. Elle passa les doigts dans ses cheveux et sentit son poids sur elle quand il approfondit leur baiser. Il glissa la langue dans sa bouche.

Elle se réveilla en sursaut, le cœur battant. Ses yeux secs étaient rivés à la fresque du plafond, peinte en or et en bleu céleste, des siècles plus tôt. La nuit, pourtant, ses couleurs éclatantes s'estompaient.

Elle sentait encore le corps de l'amant de ses rêves contre le sien et le goût de menthe de sa bouche sur ses lèvres.

Quand elle avait créé le rôle de Première ministre auprès du conseil, elle avait raconté à Margot la majeure partie de ses visions, mais pas toutes.

Ses toutes premières visions lui montraient toujours deux hommes. Et elle tombait amoureuse de l'un d'eux.

Elle avait rencontré le conquérant. Mais elle ne connaissait toujours pas le second.

L'un, elle le savait d'après ses visions, serait un monstre, tandis que l'autre… Eh bien, seule la déesse savait à quel point il serait merveilleux.

Elle murmura sans détacher ses yeux du plafond :

— Je vous en prie, Déesse, ne me permettez pas de tomber amoureuse d'un monstre.

✧   ✧   ✧

GORDON FIT IRRUPTION dans la tente de Wulf en annonçant de but en blanc :

— Monsieur, elle n'est plus là.

Pendant un moment, Wulf fut convaincu de ne pas avoir entendu correctement son homme de main.

Il s'était couché tard dans la nuit et il s'était reposé pendant un moment avant de se lever de nouveau. Après un interrogatoire approfondi de Jada, Wulf l'avait exécuté. L'affaire était restée aussi rapide et efficace que possible. Ce n'était jamais facile d'émettre un jugement et de réaliser la sentence, mais il n'aimait pas prolonger les souffrances d'un prisonnier plus que nécessaire.

Jada avait avoué qu'il avait un complice, l'un des hommes qui travaillaient dans la tente des cuisines. Il avait donc fallu l'arrêter, l'interroger et l'exécuter, lui aussi. Le second traître n'avait pas livré d'autres noms, mais étant donné que les provisions étaient l'une des composantes essentielles de l'opération d'envergure qu'était une armée en pleine mobilisation, Wulf ne comptait pas en rester là. Peut-être y avait-il d'autres conspirateurs dont les deux premiers ne connaissaient pas l'existence.

Il avait ordonné à son sorcier le plus fiable d'analyser les déclarations de tous les membres de l'équipe de cuisine tandis que les hommes de Jermaine et les médecins du camp passeraient en revue les réserves alimentaires. Et pendant tout ce temps, les autres sorciers luttaient pour atténuer la terrible tempête de magie, s'efforçant de la rendre un tant soit peu supportable.

À présent, Gordon avait remis un peu d'ordre dans sa tente et servi un petit déjeuner chaud pour deux. Les assiettes étaient remplies de viande et de pommes de terre, et des tasses de thé fumantes sur la table rafistolée attendaient une femme qui ne viendrait jamais.

En tout et pour tout, Wulf avait dormi une heure, et une migraine lancinante lui martelait le crâne.

Il s'exclama en se frottant la nuque :

— Qu'est-ce que tu viens de dire ?

Gordon se mit au garde à vous et répéta d'une voix claire :

— La prêtresse n'est pas dans ma tente. Elle est partie, monsieur.

Il s'était levé d'un bond avant que l'homme ait terminé sa première phrase. Rejoignant à grandes enjambées la tente de Gordon, il souleva le rabat et jeta un œil furieux à l'intérieur.

De toute évidence, personne n'avait dormi sur la paillasse. On devinait un creux à l'endroit où elle s'était recroquevillée, mais les couvertures étaient toujours bien rangées sur le matelas. Les deux braseros s'étaient éteints depuis un moment et les bols en métal étaient couverts de givre. Gordon avait laissé un tas de bois à l'intérieur, de l'autre côté de l'entrée, mais il ne manquait pas une bûche.

L'évidence frappa Wulf en pleines gencives. Non seulement avait-elle disparu, mais elle l'avait fait depuis un bon moment. Il se précipita hors de la tente et inspecta les environs, les murs extérieurs et le sol. Il n'y avait aucune trace de sortie, aucun signe de lutte. Les parois de la tente étaient intactes et la neige fraîchement tombée était immaculée.

Il fit volte-face et fusilla du regard Gordon qui l'avait suivi.

— Il y avait quatre gardes et un sorcier ici toute la nuit.

— Oui, monsieur.

L'expression de l'homme était crispée par l'inquiétude.

Quelque chose avait réussi à passer au nez et à la barbe de quatre gardes et d'un sorcier. Soit ce quelque chose était Lily elle-même, soit c'était ce qui l'avait enlevée.

— Va chercher les chiens.

— Oui, monsieur ! fit Gordon avant de s'élancer.

Wulf trépignait d'impatience. Quatre gardes. Quatre gardes et un sorcier.

Que s'était-il passé ? L'avait-on terrorisée ? Blessée ? Il n'y avait pas de sang, ou du moins rien de visible. Peut-être n'avait-il pas été suffisamment attentif, mais il ne voulait pas retourner dans la tente tant que les pisteurs et leurs chiens n'y seraient pas allés.

Et puis, elle aurait pu être blessée autrement. Il songea à sa structure osseuse délicate, à sa peau fine et à son manque d'expérience au combat, et il poussa un juron.

Jermaine avait vu juste au sujet de Jada. Attiré par des promesses de richesse, il avait tourné casaque des mois plus tôt. Récemment, il avait reçu l'ordre d'assassiner Wulf avant que ce dernier puisse atteindre la frontière de Guerlan.

La présence de Lily était un hasard. Si Jada s'en était pris à elle, c'était uniquement pour la prendre en otage. Et l'intérieur de la tente de Gordon ne présentait aucun signe de lutte.

Wulf n'avait aucune raison de croire qu'elle avait été prise pour cible et attaquée. Il était plus cohérent de penser qu'elle était partie de sa propre initiative. Mais il n'en était *pas* certain, ce qui le remplissait de colère et…

Non, pas de panique. Le Loup de Braugne ne paniquait pas devant le mystère.

Mais il était contrarié. Oh oui, il était contrarié et… éminemment inquiet.

Retournant à grandes enjambées dans sa tente, il s'empara de son épée et de sa cape, et il fit ordonner à Jermaine de mettre une équipe sur pied. Lorsque les pisteurs arrivèrent, ils sortirent du campement et, avec leurs chiens, entreprirent de chercher la trace de Lily. Gordon n'avait pas touché à la cape de la jeune femme et, une fois que les chiens eurent reniflé son odeur, les pisteurs les lâchèrent.

Ils se mirent impatiemment en chasse. Bientôt, leur trajectoire devint évidente. Alors que Wulf et son équipe les suivaient sur la route en direction des quais, son inquiétude fut étouffée dans l'œuf par une colère sourde.

En arrivant au bout du quai, l'un des chiens poussa un aboiement de frustration.

Wulf comprenait le chien. Les poings sur les hanches, il regarda froidement l'abbaye. Dans le petit matin gris, la lumière dorée de ses fenêtres chaleureuses le narguait.

Lily était arrivée sur le quai sans se faire repérer, au mépris de deux – non, trois – groupes de sentinelles et de sorciers. Elle n'avait utilisé aucune barge. De toute façon, pour une seule personne, les embarcations étaient impossibles à manœuvrer.

Alors comment avait-elle fait ? Comment avait-elle quitté le quai du continent pour rallier cette maudite île ?

Il n'en avait pas la moindre idée, mais une chose était certaine, il l'interrogerait dès qu'il la reverrait. Parce qu'il allait la revoir. Il s'en faisait la promesse.

Après avoir triplé la présence militaire à l'embarcadère, il retourna jusqu'à sa tente pour manger son petit déjeuner froid et boire son thé… froid.

Il vida également la tasse de la jeune femme tandis que ses pensées fébriles revenaient sans cesse sur les divers plans d'action à mener.

La veille au soir, ils s'étaient confié des choses. L'essentiel de leur communication avait été non verbale, mais le langage corporel qu'elle avait employé était très éloquent. Et cette conversation n'était pas encore terminée. D'ailleurs, elle avait à peine commencé.

Lily n'avait pas le droit de le quitter. Ce scénario n'était acceptable dans aucune réalité hypothétique.

Elle avait accepté d'être son intermédiaire. Elle ne pouvait pas s'y dérober sur un coup de tête. C'était à *lui* de lui dire quand il en aurait fini avec *elle*. Pas l'inverse.

Son regard se posa sur les bocaux de caviar et les tablettes de chocolat rescapés de l'altercation et soigneusement rangés en piles nettes, ainsi que cette curieuse boîte de raviolis en conserve.

— Commandant !

Lionel avait relevé le rabat de la tente et passé sa tête à l'intérieur.

— Une délégation vient de quitter l'abbaye. Deux barges, monsieur.

Wulf demanda tout en récupérant sa cape et ses armes :

— Combien ?

— Une trentaine de personnes, apparemment. Dont la Première ministre. Même à cette distance, sa tête rousse est reconnaissable entre toutes.

Il attacha son épée.

— Et ma prêtresse ?

Ce ne fut qu'après avoir prononcé ces mots qu'il se

rendit compte de leur étrange formulation. Il prit le temps de réfléchir. *Oui, après tout. C'est ma prêtresse et ils ont intérêt à me la ramener.*

Lionel secoua la tête.

— Ils sont encore trop loin pour le dire.

— Trente personnes, répéta-t-il d'un ton maussade.

Il y avait sans doute plusieurs sorciers parmi eux, et tous seraient mieux reposés et bien plus talentueux que les siens.

— Rassemblez deux cents fantassins et cavaliers, et dressez une barricade à l'embarcadère.

— Oui, monsieur !

Après avoir ordonné qu'on lui prépare son cheval, Wulf se remit à faire les cent pas. Hors de question qu'il aille se planter sur le quai à attendre qu'elle réapparaisse comme un toutou qui se languit. Le Loup de Braugne ne paniquait pas *et* ne se languissait pas, pour l'amour du ciel.

Lorsqu'il eut estimé qu'il s'était écoulé assez de temps, il enfourcha son destrier et partit au petit galop jusqu'au quai. Il avait vu juste, car les barges accostaient à peine.

Dans le bateau de tête, Margot Givegny le fusillait du regard.

— Vous n'avez aucun droit de nous empêcher de nous déplacer librement sur nos terres. Écartez-vous de notre chemin, Commandant.

Un poing sur la cuisse, il retint son cheval qui trépignait avec agitation et lança :

— Si j'avais un intermédiaire pour m'expliquer vos intentions, je pourrais me laisser convaincre de reculer afin de vous laisser le champ libre. Mais je n'ai plus d'intermédiaire. Elle a quitté mon campement comme une voleuse, en pleine nuit.

— Ce n'est pas votre servante, rétorqua Margot. Elle

avait le droit d'aller et venir selon son bon vouloir. Aucun de nous ne vous est soumis.

— Eh bien, dans ce cas…

Sa voix devint mielleuse et il lui adressa un sourire sinistre.

— Je ne vois pas pourquoi je laisserais passer votre peuple. Après tout, sans représentation digne de ce nom, comment puis-je être certain que vous n'allez pas nous attaquer ?

Margot en resta bouche bée.

— Pour l'amour des dieux, monsieur, vous avez une armée de huit mille hommes. Quels exploits pourrions-nous espérer accomplir, d'après vous ?

Il perdit son sourire. Descendant de sa monture, il confia les rênes à Lionel et s'avança sur le quai.

— Un traître isolé a essayé de nous empoisonner hier soir, Lily et moi. Deux hommes qui travaillaient ensemble ont propagé une maladie dans mes troupes, à une centaine de soldats. Je remarque sept femmes dans votre groupe qui ne portent pas d'uniformes de Défenseurs. J'en déduis que ce sont sept prêtresses ou sorcières puissantes.

Il lui adressa un regard aussi dur que glacial :

— Alors, à vous de me dire les dégâts que vous êtes capables de causer.

Chapitre Sept

LES TACHES DE rousseur parsemées sur le nez et les joues de Margot ressortaient nettement. Pendant son discours, elle avait blêmi à vue d'œil.

Elle déglutit péniblement et répondit à mi-voix :

— Quelqu'un a essayé de vous empoisonner tous les deux ?

Elle était trop ébranlée pour feindre quoi que ce soit. Elle plissa les yeux. De toute évidence, il n'était pas le seul à qui Lily devait des explications.

Il désigna les deux barges.

— Lily a dit que personne ne souhaiterait quitter l'île tant que nous serions ici. Alors pourquoi êtes-vous venus ? Qu'est-ce qui a changé et pourquoi devrais-je vous permettre d'accoster ?

Aussitôt, elle retrouva toute sa vigueur. Avec un regard noir, elle poursuivit par télépathie. *Gardez à l'esprit, Commandant, que je ne vous dois aucune explication et que vous n'avez pas le droit de nous empêcher d'évoluer sur nos propres terres, alors faites bien attention à vos provocations.*

Elle avait beau paraître furieuse, il savait qu'elle n'avait pas opté pour la télépathie sans raison. Il écarta les jambes et croisa les bras. *Et donc ?*

Notre Élue m'a ordonné d'envoyer six équipes pour traquer les mages du temps et les arrêter par tous les moyens. Entre ses paupières, il devina un éclat de satisfaction vengeresse. *En nous empêchant de suivre ses ordres, vous risquez bien de le regretter.*

Il décroisa les bras et répliqua : *Elle a accepté de nous aider.*

Non, Commandant. Margot secouait la tête. *Nous ne vous offrons pas notre aide et nous ne nous associons avec personne. Nous nous engageons uniquement à faire respecter l'ordre et à porter secours aux fermes en danger. Notre Élue ne veut pas que des innocents meurent.*

Dans une révérence, il lui tendit la main. Elle hésita longuement avant de la prendre et il la souleva sans ménagement pour la déposer sur le quai.

— Eh bien, laissez-moi vous aider. Je peux donner des renforts à chacune de vos équipes.

— Non, Commandant.

Elle se retourna pour faire signe à ses compagnons, qui débarquèrent à leur tour.

— Nous nous débrouillerons tout seuls.

Les sourcils froncés, il regarda les équipes former une ligne. Dans chacune d'elles, il comptait une prêtresse ou une sorcière et trois Défenseurs.

— Les mages du temps utilisent une magie puissante. Partir à leur recherche, c'est une entreprise périlleuse.

— Nous en sommes bien conscients.

On devinait l'exaspération dans sa voix.

Wulf la regarda passer ses équipes en revue, s'interrompant pour regarder chaque sorcier dans les yeux. Il aurait aimé entendre ses ordres, mais quelle que soit la nature de leurs échanges, ils se déroulèrent en silence.

Il attendit qu'elle ait terminé pour dire :

— Acceptez au moins des chevaux.

— Non, Commandant, répondit-elle. Calles n'acceptera aucun soutien de Braugne, pas plus que d'aucune autre principauté. Les auberges de la ville tiennent des chevaux à disposition pour l'abbaye. Et maintenant, ce sera tout.

Il devait lui rendre justice. Elle n'avait que cinq Défenseurs avec elle alors qu'il disposait de deux cents hommes au camp, et pourtant elle parvenait à le rejeter comme s'il n'était qu'un démarcheur ou un simple domestique. Il y avait dans cette attitude une forme d'arrogance aussi superbe que suicidaire.

Il aurait pu la faire prisonnière. Elle aurait blessé ou tué un grand nombre de soldats avant qu'il y parvienne, mais il en serait venu à bout.

Au lieu de quoi, il se détendit et retourna vers Lionel et sa monture, tandis que les six équipes de l'abbaye traversaient ses propres rangs en direction de la ville. Margot et ses Défenseurs remontèrent sur les barges pour retourner vers l'île.

Après les avoir regardés s'éloigner sur le bras de mer pendant quelques minutes, Lionel se frotta le coin de la bouche.

— Nous aurions pu les arrêter.

— Cela aurait été trop laborieux et sans grand intérêt. Et puis, j'ai une autre idée en tête pour l'abbaye.

Enfourchant son cheval, Wulf baissa les yeux vers Lionel.

— Envoyez six groupes de nos meilleurs agents secrets sur leurs traces. Je veux m'assurer qu'ils réussissent dans leur mission, qu'ils acceptent notre aide ou non.

— Oui, monsieur ! répondit Lionel en souriant.

✧　✧　✧

APRÈS SON RÊVE, Lily n'était pas parvenue à se rendormir.

Elle avait besoin de repos. Cela faisait maintenant des

mois qu'elle avait le sommeil agité, mais ses visions et ses rêves ne lui laissaient aucun répit et elle n'arrivait pas à restaurer ses forces.

En fin de compte, malgré son intense fatigue, elle rejeta les couvertures, s'habilla et essaya de se pencher sur quelques-unes des tâches interminables empilées sur son bureau.

Il y avait des requêtes pour les prières personnelles de l'Élue accompagnées de dons généreux, des demandes provenant d'autres royaumes et principautés pour qu'on leur envoie des prêtresses en résidence, et des lettres venues des territoires des Anciens sur la Terre et autres pays.

Il y avait également une dizaine de requêtes personnelles et de plaintes des habitants de l'abbaye, et elle devait aussi analyser les finances et approuver ou modifier le budget du prochain trimestre...

Même avec l'aide d'une secrétaire, elle avait l'impression de se noyer sous les tâches administratives.

Comment pouvait-elle approuver ce budget ? En ce moment, l'abbaye n'avait aucun intérêt à dépenser de l'argent dans d'autres domaines que les besoins essentiels à la survie. Ils devaient conserver précieusement leur or, car il leur faudrait peut-être importer d'autres provisions de la Terre en attendant le soulagement de la prochaine moisson.

Quand Margot lui avait apporté la liste des équipes qu'elle avait constituées, Lily l'avait observée attentivement avant de l'approuver. Juste après le départ de Margot, une vague d'émotions dévastatrices avait déferlé sur elle.

Des gens allaient mourir. Ce seraient peut-être les mages du temps ou certains noms sur cette liste. Elle connaissait ces personnes. Elle avait partagé des repas avec elles, avait ri à leurs plaisanteries et avait compati à leurs difficultés tout en se réjouissant de leurs victoires personnelles.

Dans la lumière crue du matin, elle se faisait du mal en songeant à toutes ces vies innocentes déjà en danger. C'était la vérité. Elles étaient en danger. Certes, ce qui se déroulait était mauvais et l'action qu'elle avait entreprise était bonne, mais cela ne lui était d'aucune utilité.

Pour la première fois depuis qu'elle était devenue l'Élue, elle envoyait des gens à une mort probable en exerçant le pouvoir lié à sa fonction.

Elle murmura à Camaël :

— Déesse, je vous en prie, protégez-les.

Parfois, la présence de la déesse était frappante, intense et miraculeuse. Parfois, Lily n'entendait que le silence. Cette fois, malgré le silence, les ténèbres de son cœur se dissipèrent juste assez pour lui permettre de se concentrer sur autre chose.

Se redressant sur son fauteuil, elle ouvrit le tiroir contenant la liasse de lettres qu'elle avait reçues jusqu'à présent de la part du roi de Guerlan. Elle les sortit pour les relire à nouveau.

« … À notre grand désarroi, nous regrettons de ne pouvoir assister à votre cérémonie d'ascension, car les affaires de notre royaume exigent notre entière attention. Mais nous vous présentons toutes nos félicitations. En notre absence, veuillez accepter ces dons de jouets pour les orphelins de l'abbaye, confectionnés en votre honneur. En effet, vous êtes le plus bel exemple dans tout Ys des sommets que peuvent atteindre les personnes de basse extraction… »

Puis la suivante : « … J'espère que cette missive vous trouvera en bonne santé et que vous commencez à prendre vos repères… Je ne connais que trop bien les difficultés d'accéder du jour au lendemain à un poste élevé, surtout en période de deuil, car c'est ce qui m'est arrivé à la mort de mon père... »

Et une autre : « ... Une fois de plus, l'été est passé si vite. Nous vous remercions pour les dons annuels de l'abbaye. Le vin est tout particulièrement délectable. J'ai entendu dire que vous aimiez les histoires et j'espère donc que vous apprécierez les livres que je vous envoie. Je souhaiterais aussi vous inviter personnellement à la Mascarade qui se tiendra ici, à Guerlan, au solstice d'hiver. Il ne faut compter qu'une semaine de route entre Calles et la capitale, et la ville est magnifique pendant la Mascarade. Les rues et les boutiques sont ornées de guirlandes décoratives et je donne toujours le gala le plus somptueux des six royaumes... »

Au total, elle avait une demi-douzaine de missives dont chacune mêlait les questions officielles aux échanges plus personnels. Très certainement, le roi n'en avait écrit aucune. Elle avait toujours imaginé qu'il dictait les grandes lignes de ses commentaires personnels, mais tout compte fait, il était fort possible que son secrétaire ait tout inventé lui-même, y compris ses cadeaux prévenants.

Elle se frotta le visage. Consciente de l'hiver rigoureux qu'ils allaient devoir affronter, elle avait décliné l'invitation à la Mascarade du roi en exprimant ses plus vifs regrets.

Maintenant, elle commençait à regretter sa décision. Si elle partait tout de suite, elle aurait le temps d'arriver avant la Mascarade.

Si elle pouvait poser les yeux sur Varian et accepter les visions qui se présenteraient à elle, alors elle trouverait peut-être le monstre qu'elle n'avait pas découvert chez Wulf.

À moins que la psyché de Varian soit comme ses lettres,

chaleureuse et avenante, pleine d'équilibre et de justesse.

Au bord de la crise de nerfs, elle se dit qu'elle avait grand besoin d'une sieste.

À quoi pensait Wulf aujourd'hui ? Il devait être furieux qu'elle l'ait abandonné sans un mot.

De toute façon, qu'il soit fâché ou non, cela n'aurait aucune incidence sur sa vie. Elle ne lui devait aucune explication. Alors qu'elle rangeait les lettres dans leur tiroir attitré avant de se lever, Gennita fit irruption dans son bureau.

— Votre Grâce, je dois vous emprunter quelques instants de votre temps.

Le menton de la vieille prêtresse tremblait.

Lily courba les épaules. Même si elle avait essayé d'agir avec bonté et respect en nommant Margot Première ministre du conseil, elle avait profondément offensé Gennita en omettant de lui proposer le poste. Pendant des décennies, Gennita avait été la conseillère de Raella, et c'était la prêtresse la plus ancienne du conseil.

Maintenant, elle avait beau insister pour que Gennita l'appelle par son prénom, la prêtresse persistait à employer une formulation distante et Lily commençait à craindre que leur relation soit définitivement abîmée.

Elle répondit :

— Le moment est mal choisi, Gennita.

— Ça ne peut pas attendre ! dit Gennita en avançant dans la pièce. Votre Grâce, vous devez revenir sur votre ordre d'envoyer des prêtresses et des Défenseurs de l'abbaye pour intervenir dans des affaires qui ne nous concernent pas !

Comme le chagrin, les ténèbres menaçaient de l'envahir de nouveau. La pression qui s'exerçait sur Lily était telle qu'elle dut faire un effort pour remplir ses poumons d'oxygène.

— Ces affaires nous concernent. Elles concernent tout...

— Calles est trop fragile pour supporter un conflit direct et prolongé avec un autre royaume ! En ce moment même, nous avons le Loup de Braugne à nos portes. D'après vous, que pensera Guerlan – notre voisin le plus proche, immense et très puissant ? On risquerait de compromettre des générations de coexistence pacifique !

Pendant un moment, elle eut l'impression de revivre ce qu'elle avait ressenti après sa nomination – assaillie de visions, malmenée par l'opposition des prêtresses plus anciennes au sein de l'abbaye et torpillée par le volume de tâches qu'elle semblait condamnée à effectuer elle-même malgré tous ses efforts pour déléguer le travail.

Elle se rappelait cette époque, la combinaison de forces contradictoires qui la tiraillaient sans ménagement, au coude à coude pour attirer son attention.

Reléguant ces souvenirs au passé auquel ils appartenaient, elle serra les dents et répondit avec patience :

— Ce n'est pas productif, Gennita. Vous êtes censée exprimer vos préoccupations à notre Première ministre.

— Elle ne voudra pas m'écouter !

La patience de Lily commençait à s'effriter.

— Margot fait son boulot ! Vous devez l'écouter et faire ce qu'elle vous demande.

— Je n'en reviens pas que l'abbaye soit devenue un endroit pareil.

Gennita la regardait fixement, la trahison dans les yeux.

— Au début, vous sembliez pleine de promesses et j'avais espoir en vous. Maintenant, non seulement vous menacez de détruire nos garde-fous et nos traditions, mais nous risquons de perdre nos alliés. Et vous bâtissez des murs autour de vous pour ne pas entendre les autres vous conseiller d'emprunter un chemin différent. Votre Grâce, vous causerez la perte de Calles si vous ne changez pas d'idée !

Ces paroles percutèrent Lily au plexus solaire avec la force d'un coup physique. Elle posa une main sur son ventre et s'efforça de se ressaisir.

Quand elle retrouva l'usage de la parole, elle dit :

— Sortez.

Gennita hésita en la regardant comme si elle s'attendait à ce que Lily change d'avis. Comme cette dernière ne disait rien, elle tourna les talons et partit.

L'échange avait été bref, mais difficile. Lily ferma à double tour la porte de son bureau et se précipita vers l'escalier en colimaçon qui conduisait aux appartements de l'Élue, en haut de la tour orientée vers la mer. Heureusement, elle ne croisa personne.

Une fois à l'intérieur, elle tira le verrou et elle essuya les larmes qui coulaient toujours sur ses joues. Sa main restait posée sur son ventre comme si elle pouvait se protéger contre le coup émotionnel qu'on lui avait porté.

Toute sa vie, elle avait toujours fait son possible pour servir les intérêts de Calles. Elle ne pouvait tout simplement pas faire mieux. Entendre quelqu'un comme Gennita, une femme qui l'avait réconfortée quand elle était petite et qui l'avait encouragée pendant toute sa scolarité, lui dire qu'elle risquait de signer l'arrêt de mort de Calles, c'était une douleur insoutenable.

Un souffle d'air frais effleura sa peau brûlante et des bruits de pas se firent entendre à côté d'elle.

— Quel dommage, dit alors Wulf. J'ai fait tout ce chemin pour me battre avec toi, mais apparemment, tu n'es pas d'humeur.

Le sol se déroba sous les pieds de Lily. Elle crut perdre l'équilibre avant de faire volte-face pour le regarder.

— N'est-ce pas, Lily ? ajouta-t-il en s'avançant. Ou devrais-je dire *Votre Grâce* ?

Il était d'une beauté brute avec sa chemise blanche simple, son pantalon en cuir et ses bottes de guerre. Il avait l'air plus dur, plus méchant et plus dangereux que jamais, et la pièce si spacieuse et bien agencée en temps normal lui parut soudain plus exiguë que d'habitude.

Sa présence en haut de sa tour, voilà qui était déconcertant. C'était impossible.

— Que fais-tu ici ? dit-elle en balayant la pièce du regard. Au nom de la déesse, mais comment es-tu entré ?

Elle aperçut un tas de nouveaux objets à côté d'une haute fenêtre. Alors qu'elle s'y précipitait pour les voir de plus près, Wulf répondit :

— J'ai grimpé et j'ai cassé une fenêtre. Je savais que ce n'était qu'une question de temps avant que l'Élue revienne dans sa tour.

Dans le tas, il y avait une cape ainsi que d'autres paquets, des gants, de la corde, des outils métalliques et une paire de cadres en fer, de la forme de deux pieds et munis de piques au bout, qui devaient se porter par-dessus les chaussures. C'était du matériel d'escalade.

Et il y avait son épée, dans un étui d'épaule, appuyée contre le mur. Il lui faisait une telle confiance qu'il n'était même pas armé. C'en était presque terrifiant.

À moins que ce soit humiliant. Elle hésitait encore.

Elle pivota pour le regarder. Il l'avait suivie dans la vaste salle et il attendait, les mains sur les hanches.

— Mais tu es *fou* ?

Il la dévisagea avec ironie, la bouche de travers.

— Et celle qui me dit ça, c'est la femme qui a estimé que c'était une bonne idée de traverser un bras de mer dangereusement gelé, en pleine nuit et dans une tempête de neige.

— Oh, je savais ce que je faisais et tout s'est très bien passé !

Dans tous ses états, elle désigna la vitre brisée.

— Mais toi… *ça* ! C'est de la folie ! Tu aurais pu tomber et mourir. Et si les Défenseurs sur les murailles t'avaient vu ? Il aurait suffi de quelques flèches bien envoyées pour te tuer ! Ton corps serait encore suspendu là dehors, à attendre que quelqu'un vienne le décrocher.

— Tu n'es pas la seule à savoir être discrète, dit-il avec un petit sourire. L'une de mes sorcières m'a lancé un sort de dissimulation, à moi et à mon petit bateau de pêcheur.

Elle en eut le souffle coupé.

— Tu as dit que tes sorciers n'étaient pas aussi bien entraînés que nous. Et pourtant tu as confié ta vie à ce sortilège ?

— Contrairement au tien, celui qu'elle m'a lancé n'était pas assez puissant pour me permettre de traverser un camp militaire en ébullition et franchir trois groupes de sentinelles, mais il m'a suffi pour accoster du côté maritime de l'île. J'ai amarré le bateau au quai privé et j'ai escaladé une partie de ta tour qu'aucun des gardes ne peut voir depuis la muraille.

Elle était bouche bée. Il avait pris des risques ahurissants. Si les gardes que l'on venait d'affecter au bas des marches l'avaient entendu, ils seraient déjà morts.

Eux, pas lui. Elle n'en doutait pas un instant. Son esprit essayait de minimiser les conséquences catastrophiques et elle s'efforça de rester concentrée.

Après avoir pensé avec soulagement à la porte épaisse et au fracas assourdissant de la mer en contrebas, elle dit :

— Et comment savais-tu qu'il y avait un angle mort ?

— J'ai envoyé un éclaireur en reconnaissance sur l'île, il y a des semaines.

Il se rapprocha, d'une démarche souple de prédateur.

— Avant que la neige commence à tomber. Il a loué un bateau de plaisance et il a fait le tour de l'île. Ensuite, il est venu à l'abbaye avec un groupe de démarcheurs. Apparemment, il a trouvé la visite de l'abbaye très agréable. Les prêtresses avec lesquelles il a discuté étaient charmantes et des enfants jouaient dans les jardins. Il a dressé une carte des points faibles de votre surveillance et de votre défense. De ce côté de l'île, vous vous fiez trop aux éléments pour vous protéger.

C'était presque mot pour mot ce qu'elle avait dit la veille, mais elle était dévastée d'entendre Wulf prononcer aussi froidement le même verdict.

— Tu nous as fait espionner il y a des semaines.

— Je fais espionner le siège de chaque principauté. Comme tu l'as dit, *Votre Grâce* – j'ai toujours quatre coups d'avance.

Elle avait vu juste. Il était toujours très en colère. Elle recula d'un pas et demanda :

— Quand as-tu découvert qui j'étais ? C'est ce serviteur qui te l'a dit quand tu l'as interrogé ?

— Je l'ai su presque tout de suite.

Elle eut l'impression que le sol se dérobait sous ses pieds.

— Tu le savais ?

— Je m'en suis douté quand nous nous sommes rencontrés sur le quai. Tous les membres de ton groupe jouaient leur rôle. Ils étaient concentrés sur moi et sur ta ministre, mais toi, tu n'en faisais qu'à ta tête. Tu ne prêtais pas attention à nous, tu regardais autre chose sans rester dans ton rang. Tu t'es déplacée tout en nous observant. Et parmi tous les Défenseurs sur ce quai, les plus imposants étaient placés derrière toi, pas derrière ta ministre. Enfin, quand tu as accepté de venir avec moi, tout le monde a réagi.

Profondément déçue, elle ferma les yeux. À ce moment-là, elle se doutait déjà qu'il remarquait tout. Apparemment, elle semblait condamnée à faire des observations pertinentes, mais elle échouait lamentablement à en tirer des conclusions utiles.

— Je ne savais pas que Margot avait organisé les Défenseurs de cette façon, murmura-t-elle. Alors, quand tu m'as choisie dans la foule, tu le savais déjà.

— Je m'en doutais, mais je n'en avais pas la certitude jusqu'à ce que tu me parles des vélos.

Il secoua la tête et ajouta :

— Personne mieux que soi-même ne parle aussi amoureusement de ses propres projets, et tu étais heureuse d'offrir une telle opportunité à ta ville. Ton visage s'est illuminé quand tu m'en as parlé. Ensuite, j'ai cru que tu allais me l'avouer. Tu te rappelles quand tu as dit que ta ministre ne voyait aucune objection à me confier une prêtresse, mais qu'elle ne voulait pas que ce soit toi ? J'ai cru que tu me dirais pourquoi, mais non. Tu as réussi à esquiver la question.

Il était au courant depuis le début. Au lieu de la mettre au défi, il l'avait observée en attendant, discutant tout en la jaugeant. Et elle ne s'était doutée de rien, pas une seconde.

Avec les accusations acerbes de Gennita qui lui nouaient

encore le ventre, il n'aurait pas trouvé pire moment pour l'aborder.

Avait-elle raté d'autres détails ? Quoi ? Quoi d'autre ?

Ses visions étaient toujours plus fortes quand elle était vulnérable, au fond du gouffre, comme si dans ces moments-là, la divinité parvenait à briller en elle de tout son éclat. À présent, elles revenaient avec force, occultant à ses yeux le monde physique qui l'entourait.

Un hiver rigoureux, de maigres récoltes. Des royaumes sur les nerfs. Une ombre sur le pays, des bruits d'épée et deux hommes engagés dans un combat mortel. L'un d'eux réduirait Ys en cendres.

Et toujours la chute de Calles…

Vous causerez la perte de Calles si vous ne changez pas d'idée !

Elle avait beau s'abîmer les yeux en observations, elle ne voyait rien… Et des gens allaient mourir à cause de ses paroles, à cause de ses actes.

Serait-elle responsable de la chute de Calles ? Une fois de plus, elle éprouvait un intense déchirement, écartelée par des forces contradictoires. Elle avait beau essayer de le retenir, un gémissement grave lui échappa et elle se plia en deux.

Déesse, je ne peux pas faire ça.

— Lily, dit Wulf. Qu'y a-t-il ?

Elle prit vaguement conscience que son intonation agressive et narquoise avait disparu, mais sa présence demeurait insupportable. Elle se sentait trop blessée, la plaie à vif.

— Ne me regarde pas, dit-elle entre ses dents tandis que ses larmes coulaient sur le sol en marbre. Tu as envahi mon espace privé uniquement parce que tu es en colère. Tu n'as pas le droit de voir ça. Cet endroit est le *mien*, tu entends ?

C'est à moi de gérer tout ça, pas à toi !

Le silence était interrompu par le rugissement de son sang dans ses oreilles. Toujours penchée, elle se concentra sur le sol à ses pieds et sur sa prochaine respiration.

Lorsqu'il bougea, elle le sentit avec une précision aiguë. Du coin de l'œil, elle aperçut sa silhouette floue qui se baissait à côté d'elle. Il détournait le visage.

— Je ne te regarde pas.

Sa voix était calme et posée. Dénuée d'agressivité.

— Vous autres, les femmes de l'abbaye, on peut dire que vous tenez farouchement à vos frontières, n'est-ce pas ?

Elle toussota et cela ressemblait fort à un rire.

— Oh, ça oui. Défendre nos frontières, c'est un pilier de notre foi tout aussi essentiel que d'entretenir notre foyer et pratiquer les arts de guérison.

Sans la regarder, il tendit la main vers elle. Ses doigts remontèrent lentement le long de sa cuisse en direction de sa taille, tâtonnant à la recherche de son avant-bras autour duquel il referma la main. Il resserra lentement sa poigne, exerçant une pression pour lui permettre d'y concentrer ses pensées, les détournant du tumulte d'émotions, d'idées et d'images qui tourbillonnaient dans son esprit.

Comme le reflux de la marée, les visions perdirent du terrain. Un peu moins oppressée, elle prit une profonde inspiration, puis une autre, et les larmes cessèrent. Essuyant ses joues humides, elle se redressa.

Il suivit son mouvement. Au lieu de la lâcher, il fit glisser sa main le long de son bras et pressa légèrement ses doigts entre les siens.

— C'est vraiment la dispute la moins satisfaisante que j'aie jamais eue, dit-il.

Elle faillit éclater de rire, mais c'était hors de question, jamais !

— Pour ce que ça vaut, je crois que tu n'as même pas idée de la *folie* que c'était d'escalader ma tour.

— Eh bien, pour ce que ça vaut, les points morts que mon éclaireur a identifiés ne peuvent servir qu'à une petite force de frappe ciblée. Un assassin peut monter jusqu'ici, mais tu n'as pas à craindre d'invasion de plus grande échelle.

Elle répliqua sèchement :

— Un danger qu'aucune Élue au cours des *siècles* précédents n'a jamais affronté.

Il haussa les épaules.

— Il te suffit de fixer des barreaux métalliques aux fenêtres et tu seras en parfaite sécurité.

Il s'interrompit pour ramasser un sac en cuir, puis il la conduisit vers les nombreux coussins étalés par terre devant la cheminée.

— Dis-toi bien, jeune femme, que tu n'es pas en position de *me* traiter de fou.

En arrivant aux coussins, il l'attira au sol avec lui.

Elle ne devrait pas s'asseoir à ses côtés. Elle devrait faire autre chose, par exemple profiter de son attitude détendue pour se dégager de son emprise, courir vers la porte, tirer le verrou et appeler au secours. Pour l'avoir vu, elle savait qu'il était très rapide, mais il venait de s'asseoir. Elle avait encore une chance de s'enfuir.

Or elle était épuisée et son idée semblait mobiliser trop d'efforts pour qu'elle en ait le courage. La consternation, l'alerte, la violence inévitable.

Comme il ne pourrait pas s'échapper sans être tué, il la prendrait sans doute en otage. Toute l'abbaye serait sens dessus dessous et elle devrait ressortir dans le froid avec Wulf alors qu'elle venait à peine de rentrer.

Elle avait envie de s'asseoir avec lui. Qu'est-ce qui clochait chez elle ? Elle n'avait pourtant pas l'impression de faire quelque chose de mal. Elle jeta un œil à sa psyché, où l'ombre d'un loup était allongée sur ses pattes, son attention rivée sur elle. Le loup était beau. C'était une créature dangereuse et parfaitement naturelle. Elle ne cessait de chercher le monstre en lui, mais ce monstre n'existait pas.

Elle finit par céder dans un profond soupir et elle s'assit en tailleur.

— Qu'est-ce que tu fais ?

— Je t'ai apporté des cadeaux.

Il ouvrit le sac et en sortit les tablettes de chocolat, la boîte de raviolis, ainsi que les bocaux de caviar et le pain salé.

— J'ai aussi apporté des provisions pour moi. Grimper dans le froid, ça creuse.

Il venait se battre et il apportait des cadeaux. Oh, par la déesse. Que ressentait-elle ? De l'exaspération ? Une envie de rire ? Quoi donc ? Elle écarta les bras et se laissa tomber à la renverse sur les coussins.

— Il va bientôt faire nuit. Tu devrais partir, Wulf.

Il arqua un sourcil et répondit :

— Je ne peux pas ressortir comme ça. Si j'essaie de descendre dans le noir, je vais me casser le cou. Il vaut mieux que je reste jusqu'au matin.

Il mentait effrontément. Il devait bien savoir qu'elle le percevrait.

Les paupières plissées, elle regarda son visage de profil. Il ne lui avait toujours pas accordé un seul regard. C'était étrange qu'une frontière aussi éphémère le retienne alors qu'il avait envoyé balader tout le reste. Il y avait un raisonnement complexe derrière cette attitude et elle avait du mal à le saisir.

— Tu sais que je me rends bien compte que tu mens, n'est-ce pas ? demanda-t-elle.

Elle vit le coin de ses lèvres frémir et il ébaucha un sourire.

— Tu as déjà prouvé que tu ne me voulais aucun mal, alors nous allons devoir trouver un moyen de coexister pendant un moment.

Elle lui lança un regard noir.

— As-tu réfléchi à la manière dont ta sorcière te fera disparaître pour le trajet du retour ?

Il haussa les épaules.

— Je croyais connaître quelqu'un qui accepterait de m'aider.

Il n'était pas croyable. Elle ne pouvait pas le jeter par la fenêtre. Elle n'appellerait pas à l'aide. S'il essayait de partir à la lumière du jour, il serait repéré sans nul doute, sauf si elle le dissimulait. Et si elle n'acceptait pas de l'aider, il resterait coincé dans sa tour jusqu'à la nuit suivante.

Naturellement, elle l'aiderait. Elle ne pouvait pas rester les bras croisés à le regarder se faire tuer, et il le savait pertinemment. Par ailleurs, c'était peut-être son seul moyen de se débarrasser de lui.

Tandis qu'elle réfléchissait, il dit avec douceur :

— Oublie ça pour le moment. Écarte de tes pensées les démons qui t'oppressent. Alors, quel était ton verdict définitif sur le caviar ? Oui ou non ?

Elle répondit en se pinçant l'arête du nez :

— Non.

— Génial. Il y en aura plus pour moi.

Il écarta le caviar.

— Bon, et les raviolis ? Tu dois me remercier pour ça…

— Qu'est-ce que tu veux dire ? fit-elle en reniflant. Je ne te dois rien.

Il sourit de plus belle. Après l'avoir récupérée dans son dos, il agita la boîte de conserve dans sa direction.

— Verdict ? Tu en veux ? Oui ou non ?

Bon sang, évidemment. Elle n'avait pas beaucoup mangé depuis le dîner tardif que Gordon lui avait apporté dans sa tente et elle avait faim.

— Oui.

— Alors, tu dois me raconter comment tu en es venue à apprécier ce plat terrestre, et pourquoi.

Il s'interrompit avant d'ajouter :

— Tu dois aussi me faire goûter pour que je puisse savoir de quoi il retourne.

Voilà, il avait gagné. Elle roula sur le côté en éclatant de rire.

— Tu vas détester. Personne n'aime. C'est dégoûtant. Objectivement, même moi j'en suis consciente. On ne devrait même pas qualifier cela de nourriture.

— Maintenant, ton histoire m'intrigue encore plus.

À l'aide d'un couteau, il ouvrit la boîte de conserve en perçant le couvercle à plusieurs reprises jusqu'à parvenir à plier le métal. Circonspect, il examina le contenu orange en le humant avec précaution.

Son rire redoubla et elle s'assit en tendant la main.

— Bon, donne-moi ça. Et arrête d'éviter mon regard. Ça va, maintenant.

Puis elle s'empressa d'ajouter :

— Mais je ne suis toujours pas contente que tu sois ici.

— J'en suis bien conscient, Lily.

Il tourna la tête et sourit en la regardant dans les yeux.

— Et pourtant, nous sommes assis ici. Je propose qu'on en tire le meilleur parti.

Chapitre huit

CET HOMME ETAIT censé être brutal et dominateur, et non charmant et insouciant. Décidément, il n'était pas à la hauteur de sa réputation.

L'intensité de son regard, c'était trop. Elle tendit la main et il lui laissa son couteau.

— On devrait les réchauffer, mais je les aime bien froids aussi.

De la pointe de son couteau, elle piocha un morceau de ravioli qu'elle savoura avec délectation sous son regard. Il souriait toujours.

Quand elle l'avala, il lui essuya délicatement le coin de la bouche avec son pouce avant de le lécher.

Par la déesse. Une douce chaleur se propagea sur sa peau.

Il sourit.

— Raconte-moi l'histoire.

Les yeux baissés sur le contenu de la boîte, elle répondit :

— En fait, je ne viens pas d'Ys. Je vivais dans un endroit qui s'appelle l'Indiana du Sud.

Il médita cette information pendant un moment, puis il observa :

— Sur la boîte, l'écriture est en anglais.

— Oui. L'Indiana, c'est aux États-Unis, en Amérique du

Nord.

En ouvrant un bocal de caviar et un paquet de pain salé, il trempa le coin d'un biscuit sec dans le récipient de verre avant de le jeter dans sa bouche. Tout en mâchant, il dit :

— Tu as dû faire un sacré voyage. Ys n'a aucun passage de traverse vers l'Amérique.

— Non, tous nos passages sont connectés à l'Europe.

Elle regarda les flammes qui dansaient joyeusement dans l'âtre. Comment pouvait-elle lui raconter cette histoire en peu de mots ?

— Ma petite enfance était… compliquée. Quand j'étais encore bébé, nous étions pauvres et nous vivions dans une petite ville. Ma mère buvait et plusieurs hommes se sont succédé à la maison jusqu'à ce que l'un d'eux reste pour de bon. Il fabriquait de la méthamphétamine, une drogue illégale et très addictive.

Au fur et à mesure qu'elle parlait, il perdit son attitude taquine pour la regarder attentivement.

— Ce n'est pas un foyer très sain pour un enfant.

— Non. Mais vois-tu, j'étais trop jeune pour le savoir. Quand l'abbaye m'a accueillie, la prêtresse a exercé sa magie pour deviner d'où je venais et ce qui m'était arrivé. Je crois que j'inhalais des vapeurs toxiques et qu'on me laissait souvent toute seule, mais je ne m'en rendais pas compte, tu comprends ? Je me rappelle que l'un de mes plats préférés, c'étaient des raviolis avec pour le dessert un paquet de M&M's – des bonbons au chocolat. De temps en temps, j'aime encore en manger.

Il glissa une mèche de cheveux derrière l'oreille de la jeune femme.

— Comment es-tu venue jusqu'ici ?

Elle expira.

— C'est Camaël qui m'a amenée. J'étais une drôle d'enfant et… Disons simplement que je voyais des choses qui n'existaient pas physiquement. C'est encore le cas aujourd'hui.

Il se renfrogna.

— Ta mère n'a jamais fait tester ta magie ?

Elle répondit sur un ton désabusé :

— Ce n'était pas une très bonne mère, je le crains. Quoi qu'il en soit, un soir, une femme étincelante est entrée dans ma chambre. Elle m'a embrassée sur le front et elle m'a dit : Viens avec moi, petit amour. Elle était tellement belle, j'étais très enthousiaste. Je lui ai demandé si elle pouvait devenir ma nouvelle maman. Elle m'a répondu : En quelque sorte, oui. Mais tu dois être courageuse comme un lion et faire ce que je te dis. Alors, c'est ce que j'ai fait. J'ai pris mon oreiller, mon lapin en peluche et je suis sortie de la maison.

— Quel âge avais-tu ?

Il lui prit la boîte de conserve des mains et piocha un ravioli, qu'il mangea lentement.

Elle se moqua de sa grimace, puis elle répondit :

— J'avais trois ans. Une fois dehors, la femme étincelante a disparu, mais j'entendais encore sa voix et je sentais qu'elle me poussait doucement. Notre maison était à la périphérie de la ville et elle m'a conduite dans la forêt. Nous avons longé un bâtiment en ruines et un ruisseau… alors que je marchais, tout s'est mis à changer autour de moi. Soudain, je me suis retrouvée en plein jour et dans un champ. Il n'y avait plus de ruisseau ni de ruines. J'avais traversé un passage.

À ce moment du récit, il était incapable de détacher ses yeux de la jeune femme.

— Tu avais peur ?

Elle répondit en haussant les épaules :

— Bien sûr, une fois ou deux. Mais au début, j'étais trop fascinée pour vouloir retourner chez moi, auprès de ma mère. Et puis, je me suis ennuyée. Je crois que je m'y étais habituée. Apparemment, quand on m'a retrouvée, j'errais dans la campagne depuis plus d'un mois.

— Cette histoire est glaçante. Tu avais trois ans ? fit-il en secouant la tête. C'est un miracle que tu aies survécu. Qu'as-tu mangé ?

Elle récupéra la boîte de conserve.

— J'ai mangé les champignons et les baies que la déesse me disait de manger, et je buvais dans les cours d'eau quand elle m'en donnait l'autorisation. J'avais mon lapin et mon oreiller, et je dormais dans les bois.

Il expira lentement.

— Personne ne peut survivre pendant un mois avec des champignons et des baies, et encore moins un petit enfant en pleine croissance.

En riant, elle dit :

— N'est-ce pas ? On m'a dit que j'étais en parfaite santé quand on pense à tout ce que j'avais traversé. Mes dents étaient impeccables et j'étais en forme, pleine d'énergie et très, très sale.

— À Ys.

— Oui, à Ys.

À présent, elle grattait les parois de la boîte et léchait avec précaution la sauce sur la lame.

— Comme la découverte d'un nouveau passage de traverse est un sujet très sensible, Raella a envoyé des prêtresses pour tout vérifier en personne. Elles ont interrogé tout le monde en ville et elles ont passé quinze kilomètres carrés au peigne fin.

Elle marqua une pause avant de reprendre :

— Elles ont trouvé le ruisseau et les ruines. À ce qu'il paraît, c'était un palais de justice autrefois. Mais il n'y avait aucun passage. La maison où je vivais avait brûlé entièrement dans un incendie, tôt le matin. Le feu avait tué ma mère et son petit ami dans leur sommeil, mais on n'avait pas retrouvé de corps d'enfant. C'est tout ce que je sais. L'abbaye m'a recueillie et j'y habite depuis.

Elle reposa la boîte vide en évitant son regard. Bien que la consternation et la stupeur qu'elle remarquait parfois chez ses interlocuteurs soient parfaitement compréhensibles, elle se sentait seule et isolée. Elle n'avait pas envie de voir ces émotions-là sur son visage.

De longs doigts fins se posèrent sous son menton et il la convainquit de se tourner vers lui. Elle obéit de mauvaise grâce. Très bien. De toute façon, ce qu'il éprouvait pour elle n'avait aucune importance.

Ce qu'elle découvrit dans son regard balaya aussitôt sa mauvaise humeur. Ses yeux étaient brillants de... d'admiration ? De respect ?

— Je suis plus qu'honoré de rencontrer cette courageuse fillette.

C'était ridicule. Elle n'avait aucune envie de se laisser émouvoir ni tiédir à son contact.

— Cette fillette a disparu depuis vingt-quatre ans.

— Mais non, elle n'a pas disparu. Elle vit toujours en toi et tu as sa magie et son courage.

Il lui caressait la joue.

— Mon éclaireur m'a rapporté que, pendant son séjour, il a entendu les gens parler de la nouvelle Élue. Ils disaient qu'elle était douce et réfléchie, et que c'était une véritable visionnaire dans tous les sens du terme. Ton peuple t'aime.

Malgré les mots difficiles qu'elle avait eus avec Gennita, elle savait que c'était vrai. Son peuple l'aimait. Ceux-là mêmes qu'elle avait envoyés au combat et à la mort. Le visage de Wulf disparut dans un flou.

Il lui dit :

— Ne laisse pas revenir ces démons, Lily.

Elle dut pincer les lèvres avant de pouvoir murmurer :

— J'ai envoyé des gens se battre aujourd'hui. J'ai envoyé des amis se battre, et certains d'entre eux ne reviendront pas.

Un long silence accueillit ces paroles.

— C'était la première fois ?

Elle hocha la tête en essuyant les larmes qui lui échappaient.

— Comme je l'ai dit, c'est *mon* problème. En tout cas, la journée a été difficile.

Posant la main sur sa nuque, il lui embrassa le front. Ses lèvres étaient chaudes et fermes.

— Au cas où tu te poserais la question, non, ce ne sera pas plus facile par la suite. Tu vas devoir t'y faire.

— Je sais. Et je dois trouver un moyen de mieux appréhender l'opposition et le conflit. J'ai eu une prise de bec avec une ancienne du conseil tout à l'heure. Je crois que notre relation ne sera plus jamais la même.

Il murmura, comme s'il réfléchissait tout haut :

— Tu refuses que je vole à ton secours, n'est-ce pas ?

Elle leva vivement les yeux pour rencontrer son regard.

— À ton avis ?

Il ricana.

— Je crois que je viens encore de me heurter à l'une de tes frontières.

Puis il reprit, plus posément :

— Je ne suis peut-être pas capable de régler *tes* problèmes, mais je suis commandant depuis plus longtemps que toi. Si je peux me permettre un conseil, ne sois pas trop gentille demain. Les discours et les désaccords, c'est une chose, mais personne ne doit remettre en question ton autorité ni te manquer de respect. C'est toi qui diriges, pas eux.

Elle gémit en enfouissant son visage dans ses mains.

— C'était l'une de mes enseignantes. Je m'asseyais sur ses genoux pour écouter l'histoire du soir.

— Pauvre Lily, dit-il en lui frottant le dos. Tu veux encore t'asseoir sur ses genoux pour qu'elle te raconte une histoire ?

— Quoi ?

Elle se redressa en lui lançant un regard noir.

— Non !

✧   ✧   ✧

WULF AIMAIT VOIR pétiller son regard et il avait très envie de la provoquer un peu plus. Mais derrière ce feu éclatant, il y avait un véritable épuisement et elle avait des cernes sous les yeux.

Il se contenta donc de hausser les épaules.

— Apparemment, tu sais que les choses ont changé. Même si tu ne m'as pas dit le sujet de votre conversation, on dirait bien qu'elle a besoin d'un petit rappel.

La jeune femme faisait grise mine.

— Je vais y réfléchir.

— Tant mieux.

Il avait toujours faim. Comme elle n'avait plus besoin de son couteau pour manger son affreuse mixture orange, il étala du caviar sur une tranche de pain salé et entama son repas.

—Ne t'occupe pas de moi. Vas-y, prends un peu de chocolat.

Il s'attendait à de nouvelles protestations, mais cette fois elle l'étonna en s'emparant des friandises.

—Tu as démoli mon intégrité. Je m'en souviendrai.

Il lui donna un petit coup d'épaule.

—Pour le chocolat et ce truc orange bizarre, personne n'est obligé de le savoir. Ton secret est bien gardé avec moi.

Avec un sourire en coin, elle brisa quelques carreaux de chocolat.

—Nous avons trop parlé de moi. Et toi, alors ? Quelle enfance as-tu vécue ?

—Une enfance aussi simple et droite qu'une flèche. Rien de dangereux, pas d'excentricité, aucune disparition dans des passages de traverse. Parfois, je me suis un peu trop éloigné, mais tout le monde me dorlotait et je rentrais dès que mon ventre se manifestait. J'étais toujours de retour à la maison pour le dîner.

—Ta mère était la dame de Braugne, n'est-ce pas ?

—Tout à fait.

Quand il eut terminé le caviar, il grignota le reste des biscuits salés, puis il regarda autour de lui avec regret. Il avait encore faim.

—Son premier mari est mort après la naissance de Kris. Quelques années plus tard, elle s'est remariée et je suis né. Je me suis toujours réjoui qu'il soit l'héritier. Il était hors de question que je gouverne Braugne.

Il ne gouvernait toujours pas, mais maintenant, c'était Ys tout entier qu'il avait l'ambition de diriger.

Elle hésita avant de dire :

—Tu sembles convaincu que Varian a fait tuer ton frère… En as-tu la preuve ?

Au lieu de lui répondre directement, il s'appuya sur un coude tout en la dévisageant. Elle changea de position pour se placer en face de lui et, à son tour, elle s'allongea sur le côté, la tête dans sa main.

La lueur du feu lui dorait la peau. Au début, il ne l'avait pas remarquée dans le groupe sur le quai. Son attention avait été captée par sa Première ministre, aussi jolie qu'impétueuse.

Et puis, progressivement, Lily avait attiré son attention. À tel point que maintenant, il était incapable de détourner le regard.

Sa beauté le laissait sans voix, tout comme les variations subtiles et sophistiquées de ses expressions. Et il ne pouvait s'empêcher de la toucher.

Il prit sa main dans la sienne et se mit à jouer avec ses doigts.

— Braugne n'a jamais eu beaucoup de liquidités. Notre pays est montagneux, splendide et impitoyable. Nous pouvons nourrir et loger notre peuple, et nos chèvres et nos moutons sont parmi les plus robustes dont un fermier peut rêver, mais aujourd'hui, nos exports les plus importants sont le fer, un peu de cuivre et le sel de nos mines.

Elle jouait avec ses doigts, elle aussi. C'était un geste très intime et ce simple contact diffusait un véritable feu liquide dans ses veines.

— C'est à peu près tout ce que je sais sur Braugne, avoua-t-elle.

— Nous n'avons aucun accès aux avantages que les passages de traverse peuvent offrir à un royaume. À l'image de Karre ou de Mignez. Ces avantages, en revanche, Guerlan, Calles et Chivres en profitent pleinement. Non seulement ces traverses sont plus éloignées pour nous, mais la plupart des royaumes imposent des taxes de passage.

Elle fronça les sourcils.

— Je n'avais encore jamais pensé que cela puisse être injuste. Je suis toute disposée à discuter des moyens de remédier à cela, un de ces jours.

Que cette femme soit bénie. Il l'aurait presque embrassée.

C'était ce qu'il souhaitait, aplanir les inégalités dans les royaumes riches tout en offrant de nouvelles opportunités aux plus pauvres. Elle avait raison. Il avait l'âme d'un conquérant et la volonté de mener sa conquête jusqu'au bout.

Mais il n'avait pas envie d'orienter la conversation sur ce sujet au risque de la contrarier. Il appréciait le calme et l'intimité de leur échange.

Pour le moment, il se contenta du compromis et il porta ses doigts à ses lèvres.

— J'aimerais beaucoup. Mais pour revenir à ta question, l'an dernier Varian a abordé mon frère. Il lui a proposé un traité pour qu'il accepte de louer plusieurs milliers d'hectares de terre à Guerlan pendant une centaine d'années. L'émissaire de Varian a affirmé que c'était pour la chasse. Son roi avait envie de se lancer dans le grand et magnifique défi de la chasse aux sangliers, aux lions de montagne et aux dragons de Braugne.

Elle haussa les sourcils tout en réfléchissant.

— Les dragons sont-ils difficiles à tuer ?

— Extrêmement. Ils ont des corps de molosses, sans compter leur queue, et leurs crocs sont aussi longs que ma main.

Elle le dévisageait avec intérêt.

— Et ils crachent vraiment du feu ?

— Ça brûle comme du feu, mais en réalité, c'est plutôt un acide qui ronge la chair jusqu'à l'os si on se laisse asperger. Ils sont malins comme des chats sauvages et très rapides. Ce n'est pas sans danger de les chasser, mais il faut croire que Varian avait très envie de s'y essayer. Kris m'a dit qu'il s'accordait l'hiver pour réfléchir à la proposition. On ne signe pas à la légère un bail de cent ans. Et puis, ça ne lui plaisait pas beaucoup. Pourquoi cent ans ? Varian a une trentaine d'années. Dans quarante ou cinquante ans, il ne chassera plus. Mais l'argent le tentait. Nous en avions bien besoin.

Elle marmonna :

— Je sais que cette histoire tourne mal.

Il lui serra la main.

— Les événements ont traîné en longueur, mais l'histoire arrive à un dénouement rapide. Kris a réfléchi à cet accord pendant que l'émissaire de Varian passait l'hiver à notre cour. Il était drôle, charmant et persuasif, mais tout de même… pourquoi cent ans ? Pourquoi ce terrain-là ? Il n'était pas exploité, à l'exception d'une mine de sel qui serait bientôt épuisée, comme tout le monde le savait. Kris m'a demandé d'enquêter sur ses véritables motivations.

— Et tu les as découvertes ?

Wulf songeait à son enquête, longue et laborieuse. Il avait fait suivre l'émissaire de Guerlan, intercepté ses messages et il avait dévoilé, petit à petit, un réseau d'espions de Guerlan infiltrés dans le royaume. Au fur et à mesure de ses découvertes, sa colère grandissait.

— Il a fallu plusieurs mois à mon équipe d'enquêteurs, mais j'ai fini par trouver, lui dit-il. Ces dix dernières années, Varian avait développé une présence discrète dans nos villes minières et il espionnait nos forages. Il était de notoriété publique que la mine de sel sur le terrain qu'il voulait louer était presque épuisée. Mais ce que nous avons appris, c'est que les mineurs venaient d'y découvrir de l'or.

Chapitre Neuf

ELLE SE REDRESSA.

— Et vous l'ignoriez ?

— Exact. Varian avait soudoyé le responsable de la mine, qui lui rendait des comptes. Le mineur qui avait fait cette découverte était mort dans une chute. Son décès avait été considéré comme un accident et la ville était déjà à moitié abandonnée, car les gens partaient à la recherche de nouvelles opportunités. Si Kris avait signé ce bail, tous les bénéfices de la mine seraient revenus à Guerlan pendant un siècle.

L'indignation se lisait sur le visage de la jeune femme.

— Que s'est-il passé ensuite ?

— Kris s'est fâché.

Wulf se redressa à son tour et croisa les bras autour de ses genoux.

— Ça faisait plusieurs années que je dirigeais son armée, mais il a insisté pour mener des troupes lui-même et aller voir le gérant de la mine. Pendant ce temps, ma mission consistait à dénicher le reste des espions de Guerlan dans nos diverses opérations minières. Il est parti vers le milieu de l'été. C'est la dernière fois que je l'ai vu vivant, lui et les soldats qui l'accompagnaient. Nous avons retrouvé la majeure partie des corps, mais pas celui de Kris.

Elle lui toucha la main.

— À ta façon de parler de ton frère, on entend que tu l'aimais beaucoup. Sais-tu ce qui a causé l'éboulement ?

— Nous avons retrouvé des résidus d'huile et mes sorciers disent que c'était l'ingrédient d'une formule magique. J'ai des preuves solides que Varian faisait espionner Braugne depuis de nombreuses années et complotait pour voler nos ressources.

Serrant les poings et les mâchoires, il ajouta entre ses dents :

— Alors, oui. J'ai toutes les raisons de marcher sur Guerlan, et en arrivant j'ai l'intention d'enfoncer toutes ces preuves dans la gorge de Varian.

— Je vois.

Elle allait dire quelque chose, mais elle fut interrompue par des coups sur la porte. Elle se figea en le regardant.

Les coups recommencèrent et elle se leva d'un bond.

Après s'être crispé, Wulf se détendit à nouveau en écartant les mains. Il avait pris le risque de venir, et maintenant il devait aller jusqu'au bout. Il devait lui faire confiance.

— Tu dois répondre, lui dit-il. Sinon, ils vont paniquer et enfoncer la porte.

Comme s'il avait allumé des braises sous ses pieds, elle bondit.

— Un instant, j'arrive ! lança-t-elle.

Elle jeta un œil sur les emballages de chocolat, la boîte de conserve et les bocaux vides éparpillés par terre et elle leva les mains au plafond. Puis elle se retourna vers son matériel, contre le mur. Désignant une porte ouverte, elle chuchota :

— Vite… emporte tes affaires et va dans ma chambre !

Il s'empressa de passer à l'action, non sans un petit sourire. Certes, il avait pris un risque, mais il savait qu'il pouvait compter sur elle. Après avoir rassemblé ses affaires, il franchit la porte à grandes enjambées, débouchant dans une pièce obscure. Il se plaqua en silence contre un mur et tendit l'oreille.

Le bois grinça quand elle tira le verrou pour ouvrir la porte.

— Qu'y a-t-il, Margot ?

Ah, encore cette Première ministre agaçante. Wulf se frotta le menton du revers de la main. Décidément, cette femme était une vraie casse-pieds.

— Tu n'es pas descendue pour le dîner, alors je voulais prendre de tes nouvelles, voir si tout allait bien, dit Margot. Ma chérie, tu as pleuré ?

— Oui, avoua Lily. Mais je n'ai pas envie d'en parler pour le moment.

— Tu en es sûre ? Je suis là si tu as besoin de moi.

— Je le sais, fit Lily d'une voix pleine de chaleur. Et c'est très important pour moi. En ce moment, je préfère rester seule. C'est difficile d'attendre, tu sais ?

— Oui, je sais, répondit Margot d'un air triste. Je peux au moins te faire envoyer un plateau-repas ?

— Pas ce soir. J'ai pris un en-cas, alors je n'ai pas faim, déclara-t-elle. Merci d'être passée. À demain matin.

— Très bien.

Comme il n'entendait pas le bruit de la porte qui se refermait, il comprit que Margot s'attardait, réticente à s'en aller.

— Bonne nuit, Lily. Essaie de dormir un peu.

— Toi aussi.

On entendit un froissement de tissu, puis le claquement de la porte et le bruit du verrou remis en place.

Quand Wulf revint, il découvrit Lily appuyée contre la

porte, le front sur le bois et les épaules basses. Elle avait l'air tellement abattue qu'il jeta ses affaires dans un coin pour s'empresser de la rejoindre et de la prendre dans ses bras.

Margot n'était pas la seule casse-pieds. Lui aussi, il en était un.

Il était venu jusqu'ici pour affronter Lily, mais il avait d'autres raisons. Il voulait terminer la conversation qu'ils avaient commencée dans sa tente. Il était bien décidé à la séduire parce qu'*elle* n'aurait pas dû le quitter. Il comptait la laisser, une fois qu'il en aurait fini avec elle.

Or maintenant, il ne le pouvait plus. Il reconnaissait tous les indices et il savait que s'il insistait, il parviendrait à l'avoir pour une nuit. Après s'être crispée, elle se retourna dans ses bras et posa la tête sur son épaule. La confiance que révélait ce geste le liait plus irrémédiablement que n'importe laquelle de ses frontières invisibles.

S'il insistait maintenant, elle succomberait peut-être, mais son cœur et son esprit étaient tellement plombés par d'autres préoccupations qu'il risquerait aussi de la perdre juste après. S'il la perdait, il l'aurait bien mérité. Mais surtout, il ne voulait pas faire preuve d'un tel égoïsme.

Il dit dans ses cheveux :

—Je ne peux pas résoudre tous tes problèmes. Je ne peux rien arranger. Je n'ai même pas pu sauver cette ville minière. Je n'ai pas pu protéger mon frère et je ne veux pas m'empêcher de suivre mon but. Mais si tu veux bien, je peux te serrer dans mes bras pendant un moment. J'apprécierais beaucoup.

Lentement, elle glissa les bras autour de sa taille. Il en fut profondément heureux, fier de son abandon contre lui et bien décidé à se montrer à la hauteur.

Elle murmura :

— Moi aussi, j'aimerais beaucoup.

Il l'emmena vers l'espace salon et l'installa sur le canapé. Quand elle s'assit à côté de lui, il l'attira de nouveau dans ses bras. Timidement, ils explorèrent cette nouvelle définition étrange, son corps svelte tout contre sa charpente plus solide, sa tête sur son épaule, la joue de Wulf posée au sommet de son crâne.

Alors qu'ils se détendaient, quelque chose se produisit. Quelque chose que Wulf n'avait pas vu venir. Depuis bien longtemps, un nœud de rage dur et glacial lui oppressait la poitrine. Il avait appris à vivre avec, mais soudain, il sentit que cette boule fondait et se réchauffait, lui procurant un formidable réconfort.

Bon sang. Il avait souhaité la rassurer et il se trouvait que c'était elle qui le réconfortait. Il se remémora le malaise qui s'était emparé de lui lorsqu'il avait pris conscience que Kris était mort malgré la disparition de son corps, et ses yeux s'embuèrent.

Resserrant son étreinte, il la garda dans ses bras tandis qu'ils contemplaient les flammes vives dans la cheminée. Au bout d'un moment, il se rendit compte qu'il n'y avait aucune bûche entreposée à proximité. Aucun d'eux n'avait alimenté le feu, et pourtant il crépitait comme s'il venait d'être allumé. Dans l'âtre, le bois semblait toujours intact.

C'était encore l'un de ces miracles qui entouraient Lily comme autant de lucioles dans l'obscurité. Pour la première fois de sa vie, Wulf pria.

Je veux cette femme, dit-il à Camaël, les yeux rivés sur les flammes incandescentes. *En fait, je n'ai jamais rien désiré aussi fort de toute ma vie. C'est peut-être votre Élue, mais apprêtez-vous à la partager.*

Ce n'était pas la prière la plus suppliante ni respectueuse

qui soit, et Wulf n'avait rien du pèlerin. Il était qui il était.

La déesse ne répondit pas.

Évidemment. Les dieux ne lui parlaient pas.

Mais il ne fut pas non plus frappé d'un éclair fulgurant. Après avoir écouté le silence pendant un moment, seulement interrompu par le craquement et le crépitement des flammes, il estima qu'il avait obtenu gain de cause.

Lily remua.

— Tu crois qu'il faut attendre longtemps avant d'avoir des nouvelles ?

— Impossible de le savoir, ma belle. Nous verrons bien.

Il posa ses lèvres sur son front tout en réfléchissant. Puis il ajouta :

— Si ça peut te rassurer, sache que j'ai envoyé mes meilleurs agents secrets suivre tes équipes avec l'ordre de leur porter secours en cas de besoin.

Il sentit ses épaules trembler et il s'alarma un instant avant de se rendre compte qu'elle riait.

— Pourquoi suis-je étonnée ? dit-elle. Bien sûr. Tu arrives toujours à tes fins, n'est-ce pas ?

Il inclina la tête en cherchant sa réponse.

— Oui, je dois l'avouer.

Elle se redressa brusquement et le regarda, les yeux écarquillés.

— Ça te surprend encore ? dit-il, dérouté par sa réaction.

— Non, répondit-elle avec un tendre sourire. Pas vraiment.

Il lui effleura la joue.

— J'ai envie de rester, mais je ferais mieux d'y aller. Tu as besoin de repos et je ne suis pas censé être ici.

— C'est ta décision la plus raisonnable de toute la soirée.

Pourtant, elle avait l'air inquiète.

— Tu es sûr que tu parviendras à redescendre et à traverser le bras de mer, de nuit ?

Il leva les yeux au ciel.

— Ne te pose même pas la question.

Elle se remit à rire.

— Très bien, oublie le bras de mer, mais es-tu certain de pouvoir descendre dans le noir ?

— J'ai laissé les pitons en place. Ce sera beaucoup plus facile de descendre que de monter.

Il esquissa un sourire et demanda :

— Pourquoi, tu te fais du souci pour moi ?

— Peut-être… un peu.

Elle le suivit tandis qu'il rassemblait ses affaires et enjambait l'encadrement de la fenêtre.

— Disons que je n'ai pas envie de regarder par la vitre demain matin pour découvrir ton corps tout abîmé suspendu au bout d'une corde.

— Ne t'inquiète pas. J'aurai froid, mais ça ira.

Il marqua une pause. Elle avait les yeux cerclés de rouge et, sur la joue, elle portait encore la trace d'un pli de sa chemise. Abandonnant son matériel, il prit son visage entre ses mains et l'embrassa.

Ses lèvres délicates étaient un vrai miracle à elles seules. Elle lui rendit son baiser. Cela aussi, c'était miraculeux.

Il murmura contre sa bouche :

— Une fois que j'aurai obtenu justice pour mon frère, je prendrai le contrôle d'Ys et j'en ferai un meilleur endroit. J'ai encore des traités avec Karre et Mignez. Que les choses soient claires.

Quand il leva à nouveau la tête, elle lui souriait timidement.

— Je vois.

Elle avait l'air tellement perplexe qu'il dut l'embrasser à nouveau.

Il aurait pu lui dire : « Je vais t'emmener et te faire mienne. »

Il l'aurait pu, mais il ne l'avait pas fait. Certaines conquêtes se faisaient à pas prudents et stratégiques.

— Dors un peu, ma belle, dit-il. Nous en reparlerons.

✧   ✧   ✧

UNE FOIS QU'ELLE lui eut jeté un sortilège de dissimulation et qu'il eut quitté la fenêtre, Lily alla se coucher.

À son grand étonnement, elle dormit profondément pendant quelques heures, mais peu avant l'aube une certaine fébrilité la saisit. Usée par la tension qui lui nouait le corps, elle se leva, fit sa toilette et s'habilla pour la journée, puis elle quitta sa tour.

En bas, dans les cuisines, on commençait à peine les préparatifs du matin, mais dès qu'elle apparut, la cuisinière en chef se fit un honneur de lui préparer un petit déjeuner à base d'œufs brouillés, de pain beurré et de thé chaud et sucré.

Après le repas, sa nervosité était encore pire. Elle monta dans son bureau, alluma un feu et répondit à quelques lettres. Lorsque sa secrétaire, Prem, arriva, elle lui dit en souriant :

— Bonjour. Faites appeler Gennita, s'il vous plaît.

— Oui, Votre Grâce.

Prem lui rendit son sourire et ressortit.

Les minutes s'égrenaient si lentement qu'elle entendait presque les rouages du temps cliqueter. Elle avait les nerfs à fleur de peau. Son cœur battait la chamade et une fine pellicule de sueur lui recouvrait la nuque.

Qu'est-ce qui n'allait pas chez elle ? Certes, elle appréhendait cette rencontre, mais rien qui justifie une telle réaction physique. Elle se concentra sur la lettre suivante.

Quand Gennita apparut enfin dans l'encadrement de la porte en compagnie de Prem, Lily dit à sa secrétaire :

— Ce sera tout pour le moment.

Elle fit signe à la prêtresse plus âgée :

— Entrez, je vous en prie. Si vous pouviez refermer la porte derrière vous…

— Certainement, Votre Grâce.

Gennita lui adressa un sourire forcé. Après avoir refermé la porte, elle se tourna et dit :

— J'imagine que c'est au sujet de ce dont nous avons discuté hier.

Lily restait assise.

— Nous n'avons pas discuté, répondit-elle. Nous nous sommes disputées. Votre comportement était inapproprié, ainsi que vos accusations.

Des accusations très douloureuses. Mais il ne fallait pas parler de sentiments.

La femme se raidit.

— Votre *Grâce*, je n'apprécie pas d'être réprimandée comme si j'étais une écolière dissipée.

— Moi non plus.

Lily s'interrompit pour laisser ses paroles glaciales faire leur chemin.

— Par amour et par respect pour vous, je vais vous donner un choix, Gennita. Il y a un poste merveilleux à Karre, qui attend la bonne prêtresse et sa famille. Il est évident qu'ils estiment le travail des prêtresses de Camaël.

Vous avez les pouvoirs de guérison dont ils ont besoin. Ils ont une grande maison tout confort, avec de très beaux jardins – votre mari les aimera beaucoup – et le temple est bien entretenu. La rémunération est très correcte. Vous pourriez y mener une vie heureuse si vous le souhaitez.

Tout en parlant, elle remarqua des larmes dans les yeux de la femme. Elle avait l'air ébranlée.

— Nous vivons ici depuis plus de vingt ans. Mes petits-enfants vivent ici. Est-ce que vous m'ordonnez d'aller à Karre et de laisser le reste de ma famille ?

— Non, répondit Lily avec assurance. Je vous offre un choix et vous avez un jour pour prendre votre décision. Vous pouvez explorer cette nouvelle opportunité à Karre, ou bien rester ici. Mais si vous restez, il faudra vous soumettre aux nouvelles règles. Il y a un temps pour la discussion et il y a des manières d'exprimer son désaccord. Venir me défier dans mon bureau, m'ignorer quand je vous demande d'arrêter et me jeter des accusations pleines d'émotions, ce ne sera jamais acceptable. Me suis-je bien fait comprendre ?

— Oui, Votre Grâce, murmura Gennita.

La vieille femme avait l'air si atterrée que Lily se leva et contourna son bureau pour la rejoindre. Elle lui prit les mains, les serra et dit avec douceur :

— La vie est effrayante en ce moment. L'abbaye peut prospérer ou échouer à cause des choix qu'il me faut faire. Si vous croyez que je n'en suis pas consciente, chaque instant de chaque jour, alors vous vous trompez lourdement. Mais n'oubliez pas que la déesse m'a choisie et que je dois faire ces choix au mieux de mes capacités.

— Je sais que c'est une position difficile, reconnut Gennita d'une voix étranglée. Parfois, Raella faisait des nuits blanches quand elle avait des décisions à prendre.

Lily prit une grande inspiration.

— Ce ne doit pas être rassurant de voir que je n'ai pas la même opinion que vous. Je n'interprète pas les informations de la même manière et je comprends que cela peut parfois vous paraître inquiétant et inexplicable. Si vous éprouvez le besoin de partir, sachez que vous me manquerez. Mais si vous restez et recommencez comme hier, votre prochaine affectation ne sera plus une option.

— Je comprends.

Lily retourna à son bureau, prit la demande écrite de Karre et la tendit à l'autre femme.

— Je vous propose d'étudier tous les détails avec votre mari. Vous me donnerez votre décision avant demain midi.

Gennita avait l'air plus calme. Elle accepta la lettre et dit :

— Merci, Lily. Je vois bien l'attention et le soin avec lesquels vous avez choisi ce poste. Vous avez même pensé à l'amour d'Edward pour le jardinage. Je vous demande pardon pour hier. Je n'ai pas bien pesé mes mots.

— Pardon accordé. Maintenant, je vous prie de m'excuser, mais comme vous le voyez, mon bureau est plus chargé que jamais.

— Bien sûr.

Gennita marqua un temps d'arrêt, baissant les yeux sur le bureau de Lily, puis elle lui fit un petit sourire.

— Puis-je me permettre une suggestion ?

Lily fit preuve d'une infinie patience.

— Quoi donc ?

— Prenez une deuxième secrétaire. Prem est merveilleuse, mais je crois qu'elle n'est pas en mesure d'assumer les tâches plus complexes que vous pourriez déléguer à quelqu'un d'autre. Dulcinda peut-être, ou Evie.

Elle croisa son regard.

— Vous avez raison, ajouta la vieille prêtresse. Cette époque fait peur. Vous devriez être libre de vous concentrer sur des décisions plus importantes, pas sur le travail administratif.

Lily cligna des paupières.

— Merci. Je vais y réfléchir très sérieusement.

Après le départ de Gennita, elle se mit à tourner en rond dans sa pièce vide. Naturellement, la vieille dame avait été fâchée de se voir imposer un ultimatum, mais la conversation ne s'était pas aussi mal passée qu'elle l'imaginait.

À vrai dire, ça s'était même plutôt bien passé. Gennita l'avait appelée par son prénom, comme avant.

Pourtant, au lieu d'être soulagée, elle se sentait encore plus mal. Ses mains tremblaient, son cœur palpitait et elle avait envie de vomir.

Cela ressemblait à une vraie crise de panique.

C'était ce qu'elle avait ressenti lorsque Jada avait donné un coup de pied dans la table avant de dégainer son couteau et de se ruer vers elle. Comme si, en cet instant, elle avait une menace claire et immédiate devant elle. Pourtant il n'y avait rien, absolument rien dans son bureau…

Soudain, les détails de la pièce s'estompèrent et elle découvrit une tout autre scène.

Des arbres dépouillés par l'hiver, un sol couvert de neige, l'air froid dans ses poumons. Le souffle pénible d'un cheval qui haletait. Il avait galopé trop longtemps.

Des gens criaient : *Plus vite !*

Et : *Si nous essayons d'aller plus vite, nous allons tuer Marcus !*

Puis une lisière, sous une crête rocheuse…

Des guerriers jaillissaient des bois en nombre impressionnant. Beaucoup étaient à cheval et ils couraient à en perdre haleine.

Une douleur vive la ramena brusquement à la réalité. Elle avait mal au coude et l'arrière de son crâne l'élançait. Elle se redressa, désorientée, et il lui fallut un moment pour prendre conscience qu'elle avait perdu l'équilibre et qu'elle était tombée.

Elle comprit autre chose aussi.

La déesse ne lui avait jamais donné de visions situées dans le présent. C'étaient toujours des visions d'avenirs potentiels.

Mais pas cette fois.

Cette fois, elle avait vu son propre peuple, et ils se battaient pour rentrer sains et saufs.

Chapitre Dix

ELLE SE LEVA d'un bond et sortit en trombe du bureau. Dans la pièce voisine, perchée sur un coin de son bureau, Prem bavardait avec des compagnes plus âgées.

— Allez chercher mon manteau d'hiver, ma cape et mes gants, ordonna-t-elle. J'ai besoin de guérisseurs et de Défenseurs. Qu'ils me rejoignent sur le quai. Maintenant !

Puis, sous les yeux interloqués des trois autres femmes, elle leur lança :

— *Dépêchez-vous !*

Aussitôt, elles passèrent à l'action et se dispersèrent, les yeux ronds comme des billes.

Au pas de course, Lily descendit les couloirs et traversa les jardins. L'urgence lui donnait des ailes. Comme c'était plus rapide de couper par le temple, elle s'y dirigea. Des voix se faisaient entendre sur son passage. Des questions et des exclamations.

— Votre Grâce… qu'y a-t-il ?

— Quelque chose ne va pas ?

Au bout d'un couloir, Margot l'appela :

— Lily !

Elle ne s'arrêta pour personne. Lorsqu'elle arriva au grand escalier conduisant aux lourdes portes fermées sur le quai, trois Défenseurs l'avaient rejointe.

L'un d'entre eux, Justin, essaya de lui donner sa cape,

mais elle le repoussa d'un geste impatient. Les deux autres arrivèrent tandis qu'elle dévalait les escaliers en ordonnant que l'on ouvre les portes. Ensemble, ils levèrent les yeux vers l'étendue de glace qui les séparait du continent.

— Je ne crois pas que les barges réussiront à traverser, lui dit l'un des Défenseurs.

Elle se concentra sur les sentinelles de Wulf, au loin, mais elle était incapable de communiquer avec elles à une telle distance. Le seul moyen d'aider son peuple, c'était de traverser le bras de mer.

Vas-y, lui chuchota Camaël.

Elle ne prit pas le temps de s'interroger. Ce n'était pas le moment de remettre sa foi en question.

Elle s'élança.

— Votre Grâce, attendez… Nous n'avons pas encore testé la glace ! rugit Justin dans son dos. Oh, par l'enfer.

Sourde à tout le reste – au vent cinglant, au froid qui lui engourdissait les mains et le visage, transperçant sa poitrine de traits acérés –, elle courut aussi vite que possible en direction du rivage. Wulf l'aiderait. Elle devait simplement le rejoindre.

Une fois, ses pieds glissèrent et elle crut tomber, mais des bras puissants la rattrapèrent. Le regard paniqué, Justin l'aida à se remettre debout.

Un coup d'œil en direction de l'abbaye lui apprit que les autres les suivaient. Mais elle ne s'attarda pas plus longtemps et, dès qu'elle eut retrouvé l'équilibre, elle repartit.

Enfin, elle aperçut d'autres soldats qui se rassemblaient sur la côte. Certains s'avançaient sur la glace. Parmi eux, il y avait Wulf.

C'était l'un des plus rapides. Ses longues jambes franchirent la distance en un rien de temps. En mouvement, son corps était une merveille de puissance et de grâce. Elle n'avait encore jamais été aussi heureuse de voir quelqu'un.

En approchant, Justin dégaina son épée. Avec un regard exaspéré, elle s'exclama :

— Du calme, bon sang !

Elle avait parlé tout en courant et ses poumons endoloris protestèrent. Elle prit une inspiration et l'air sec glacial lui piqua le fond de la gorge. Lorsque Wulf l'atteignit, elle se pencha dans un spasme, prise d'une quinte de toux.

Il lui agrippa les bras.

— Que se passe-t-il ?

Elle ne put lui répondre que par télépathie. *Il nous faut des soldats, des chevaux, des guérisseurs… Nous devons faire vite !*

Retirant sa cape d'un geste souple, il l'enveloppa et la souleva dans ses bras avant de rebrousser chemin jusqu'au rivage.

— Par les dieux, Votre Grâce !

C'était Justin, qui s'était élancé à côté d'eux.

Elle toussait encore trop violemment pour répondre et les muscles de sa poitrine se contractaient comme un étau, laissant sa gorge à vif.

Tout va bien, dit-elle à Justin. *Il nous aide. Personne ne doit se battre contre les hommes de Braugne, c'est compris ? Fais passer le mot.*

Oui, Votre Grâce. Avec un regard mécontent, Justin se mit à hurler les ordres aux autres Défenseurs qui se rapprochaient.

Lorsque Wulf remonta sur la rive, elle avait retrouvé sa respiration et il la déposa au sol. Lionel apparut à côté de lui, en compagnie de Gordon et Jermaine. En cherchant Justin du regard, elle constata avec reconnaissance qu'Estrella, le capitaine de ses Défenseurs, l'avait rejointe, ainsi que Margot.

D'autres Défenseurs grimpaient sur le rivage, avec quelques prêtresses qui portaient leurs trousses de guérison. Même Prem les accompagnait, la cape et les gants de Lily sur les bras. Sans un mot, elle les lui remit.

Wulf attira son attention. Le visage sévère, il incarnait de nouveau le commandant dans toute sa gloire.

— De combien de chevaux avons-nous besoin ? demanda-t-il.

— Je ne sais pas.

Il fronça les sourcils avec détermination.

— Bon, combien de soldats et de guérisseurs, alors ?

— Je n'en sais rien ! Beaucoup ?

Les paupières closes, elle essaya de retrouver l'image de la campagne enneigée et de la crête rocheuse derrière les arbres.

— Je sais où nous devons aller. Il y a une falaise à moins de dix kilomètres, près d'une cascade gelée en cette saison.

Estrella prit la parole :

— Je connais cet endroit.

Lily croisa le regard de Wulf.

— Il y a un groupe avec des blessés et ils essaient de nous rejoindre. Ils sont poursuivis par des troupes plus importantes que prévu. Je les ai vues surgir de la lisière. Les nôtres sont épuisés, ils n'y arriveront pas si on ne fait pas au plus vite. Je ne peux pas évaluer le nombre de poursuivants, parce que je n'ai eu que quelques images furtives, mais je dirais qu'ils sont plus d'une centaine à vue de nez. Wulf, je veux retrouver les miens sains et saufs. Mieux vaut prévoir un plus grand nombre.

Il hocha la tête et lui serra le bras avant de répartir ses ordres. Les soldats réagirent aussitôt. Une dizaine de cavaliers s'agitaient déjà, sur des chevaux qui piaffaient d'impatience.

Wulf dit à Lily :

— Chaque minute compte, tu l'as dit. Je les envoie en avance, le temps que les autres se rassemblent. Nous devons savoir où aller.

Par télépathie, il ajouta : *Prépare-toi. Ce sont les premiers à partir qui prennent les plus grands risques.*

L'heure n'était pas au chagrin. Elle se le permettrait plus tard, quand ils sauraient quelles pertes déplorer. Lily regarda Estrella.

— Pars avec eux.

— Oui, Votre Grâce !

Estrella se joignit au groupe et ils s'élancèrent.

Après quoi, Lily décida de prendre du recul. C'était une visionnaire, pas une combattante. En un temps record, une importante force de frappe composée de Défenseurs, de soldats de Braugne et de guérisseurs s'était constituée.

Une dispute, aussi brève que décisive, éclata au milieu des préparatifs lorsque Wulf découvrit Lily en train d'enfourcher une jument que l'un des Défenseurs lui avait apportée. Le regard étincelant, il attrapa la bride du cheval.

— Je peux savoir ce que tu fais ? s'exclama-t-il. Reste ici ! Ne va pas te mettre en danger.

Derrière son attitude péremptoire, elle devinait une inquiétude sincère et profonde. Elle ne voulait pas perdre son énergie à se fâcher. Au lieu de quoi, elle répondit :

— Peux-tu voir ce que je peux voir ?

Pendant une seconde, seul le silence lui répondit. Un silence vibrant d'intensité. Wulf serra les dents et son regard s'enflamma. Elle voyait bien qu'il mourait d'envie de répliquer, mais elle le tenait, et il le savait.

— D'accord, reste avec moi, grommela-t-il. Tout près

de moi, c'est compris ? Je veux pouvoir trancher la tête de quiconque essaiera de t'approcher.

Derrière lui, Lily aperçut Justin, Lionel et Jermaine. Ce dernier ne semblait pas étonné, mais Lionel et Justin étaient comme deux ronds de flan.

D'une voix claire et forte que tout le monde pouvait entendre, elle répondit à Wulf :

— Bien sûr. C'est toi le commandant.

Le regard sombre de Wulf s'éclaira et il lui toucha le genou.

— Voilà qui est bien parlé.

✧　✧　✧

COMME UN SEUL homme, ils se précipitèrent en direction de la crête et de la cascade gelée.

Les premiers cavaliers avaient rejoint le petit groupe qui battait en retraite. Ils étaient sur le point de se faire rattraper lorsque deux cents cavaliers composés de Défenseurs et de soldats de Braugne fondirent sur les assaillants.

Pour la première fois de sa vie, Wulf dirigeait ses hommes depuis la ligne de touche. De toute façon, avec le gros des troupes sur les lieux, il n'avait plus grand-chose à faire.

— Ils ne doivent pas quitter ce champ de bataille, dit-il à Jermaine. Je ne veux pas que cela revienne aux oreilles de Varian. Capturez-les ou tuez-les.

— Compris, Commandant.

Jermaine s'éloigna au galop pour mettre les ordres à exécution. Dans un parfait revirement de situation, ce qui avait commencé comme une débâcle d'un côté se changea en massacre de l'autre.

C'était difficile de rester sur la touche. Il ne pouvait le

nier. Mais chaque fois qu'il éprouvait l'envie de s'élancer en rugissant pour affronter l'ennemi, il regardait Lily. Le visage blême et déterminé, elle observait la mêlée tandis que son cheval fébrile frappait ses sabots sur le sol.

Et aussitôt, il en était incapable. Il ne pouvait pas la laisser, pas même alors que la partie logique de son cerveau lui assurait qu'elle était en sécurité avec la dizaine de soldats qui l'entouraient. Alors, il prit son mal en patience. Si l'avenir restait un immense tableau vierge sur lequel ils pourraient faire une multitude d'autres choix, jusqu'à présent ils avaient pris de bonnes décisions.

Même dans le meilleur des cas, le contrecoup d'une bataille était toujours difficile. Il y avait des prisonniers à maîtriser et à interroger, des blessés et des mourants à accompagner, et inévitablement, des pertes à constater.

Comme leurs combattants, les guérisseurs de l'abbaye travaillaient main dans la main avec les médecins de l'armée de Braugne. Wulf savait qu'ils avaient de la chance et que la liste de victimes serait aussi légère qu'elle pouvait l'être en temps de guerre. Malgré tout, la mine soucieuse, Lily se précipita pour aider les guérisseurs.

Enfin, il n'y tint plus. L'entraînant à l'écart de la zone de répartition des blessés, il lui dit d'une voix douce :

— Il est temps de rentrer, maintenant, ma belle.

Elle lui agrippa la chemise.

— Je ne peux pas m'en aller.

— Si. Tu ne peux pas être au four et au moulin en permanence, alors n'essaie même pas, sinon ça finira par te tuer. Laisse les autres faire leur métier et retire-toi dans l'une des auberges. Je vais obtenir quelques réponses et je te rejoindrai là-bas.

Elle prit une grande inspiration et soupira lentement.

— D'accord. On se retrouve en ville.

Il l'embrassa langoureusement, devant son peuple et le sien. Sans regarder autour de lui, il entendit le silence retomber sur les lieux.

Elle sursauta, mais elle ne fit rien pour se dérober. En fait, elle lui rendit même son baiser, un peu maladroitement. Pour lui, c'était une petite victoire.

— Choix audacieux, murmura-t-elle contre ses lèvres. Inattendu.

— Les communiqués anticipés sont très efficaces pour faire connaître les nouvelles règles à la population, chuchota-t-il en laissant ses doigts s'attarder sur la courbe souple de sa joue.

— Oh, par la déesse ! Dis-moi que je rêve !

Elle s'écarta et lui décocha un regard désapprobateur.

— Est-ce que cette phrase grandiloquente était une tentative de séduction ?

Il plissa les yeux.

— Bien sûr que non. Le chocolat et cette affreuse mixture orange, voilà ma tentative de séduction. Là, je voulais juste dévoiler mes intentions en public. Crois-moi, quand je jouerai la séduction, tu le sauras.

— Vraiment ?

Ses lèvres frémirent et elle ajouta :

— Et quand tu as escaladé ma tour, que cherchais-tu à faire ?

Il prit le temps de réfléchir avant de répondre.

— Oui, là aussi, c'était une tentative de séduction.

— Non, sans blague. Je croyais que tu venais me chercher des noises.

— Disons que c'était une séduction un peu bagarreuse, lui dit-il. N'oublie pas que je t'ai apporté la boîte de conserve et le chocolat. De toute façon, ça ne se reproduira pas, étant donné que désormais, tu vas barricader tes fenêtres.

— Je ne barricaderai pas mes fenêtres, répondit Lily.

D'une voix sèche, il rétorqua :

— Inacceptable.

— Ah oui, vraiment ?

Elle haussa les sourcils d'un air enjôleur.

— Dommage. De toute façon, c'est à moi de prendre cette décision, parce qu'aucune personne saine d'esprit tenterait cette ascension, Wulf. Personne sauf toi. Et pour ton information, j'ai été ferme, mais bienveillante quand j'ai parlé à Gennita ce matin. Je lui ai proposé de belles solutions pour résoudre notre conflit. Alors, fais ce que tu dois faire, mais laisse-moi régler mes propres affaires.

Il avait déjà admis qu'il la désirait, mais ce fut à cet instant précis que Wulf tomba amoureux. Parce qu'il pouvait l'avoir, et elle céderait peut-être, mais il savait qu'il ne parviendrait jamais à la conquérir.

Une main sur sa joue, il murmura tendrement :

— Lily.

Ce fut tout, rien que *Lily*.

L'expression de son visage suffisait à transmettre tout ce qu'il ressentait, car il ne cherchait pas à le cacher. Le regard de la jeune femme se radoucit et elle posa sa main sur la sienne.

Lorsqu'ils se séparèrent enfin, Margot fondit sur Lily tel un oiseau de proie et elle l'entraîna à l'écart. Voilà une conversation que Wulf était franchement ravi d'éviter. Il s'absorba dans le travail et, bien plus tard, il alla la rejoindre en ville.

Elle n'avait pas chômé, comme il put le constater tout en remontant la rue principale. De nombreuses portes étaient ouvertes, et en apercevant l'intérieur des maisons et l'activité dans les rues, il comprit que les lieux s'étaient transformés en hôpitaux de fortune – une idée grandiose et si évidente qu'il aurait dû y penser.

Il retrouva Lily au Lion de Mer. Elle sirotait du vin et grignotait sans conviction. Des Défenseurs étaient positionnés de manière stratégique dans le bar de l'auberge. Son visage fatigué s'illumina quand elle le vit.

D'une démarche résolue, il la rejoignit, se pencha et déposa un baiser sur ses lèvres. Les mouvements et les discussions cessèrent dans la salle, avant de reprendre progressivement.

— Et voilà, déclara-t-il avec satisfaction. Maintenant, tes gardes du corps et les habitants de cette ville connaissent mes intentions.

Une fois de plus, les sourcils fins et expressifs de la jeune femme dansaient sur son front. Ils avaient l'art de trahir ses émotions, ces sourcils. Elle n'avait pas besoin de parler, même si elle ne s'en priva pas.

— Tu n'as rien prouvé à personne, et encore moins *à moi*, répliqua-t-elle. Tu n'as fait que m'embrasser et…

Elle leva les deux mains en éclatant de rire.

— Qu'est-ce que ça prouve ? ajouta-t-elle.

— Si je n'avais pas confiance en moi, je pourrais mal le prendre, lui dit-il.

Il s'assit sur le banc à côté d'elle, assez proche pour que leurs hanches se frôlent, et il posa un coude sur la table, la tête dans sa main, son corps tourné vers elle.

Quand son rire redoubla, il sourit. Enfin, elle retrouva son sérieux.

— Estrella m'a déjà fait son rapport. Elle a dit que les mages du temps étaient tous morts et que les assaillants étaient nombreux parce qu'ils avaient été déployés pour les protéger. Les mages se séparaient de leur groupe d'attache pour jeter leurs sorts, puis ils les retrouvaient ensuite. C'est tout ce que je sais. Qu'as-tu appris, de ton côté ?

— Tes prêtresses ont fait des merveilles. Après avoir comparé les rapports des différents prisonniers avec nos propres effectifs, je crois bien que nous avons capturé ou tué chaque membre de leur groupe. C'était ce que j'espérais.

Après une courte pause, il ajouta :

— Bien sûr, c'étaient les soldats de Guerlan.

— Bien sûr, murmura-t-elle.

Elle fit glisser son assiette vers lui et il mangea de bon appétit. Tout en déchiquetant un quignon de pain pour s'occuper les mains, elle demanda :

— Autre chose ?

Ce qui allait suivre ne serait pas facile.

— D'après ce que je sais, les dernières nouvelles ont été envoyées à Varian dès que les premiers mages du temps sont tombés. Il ne tardera pas à apprendre que Calles était impliqué. Ils se sont battus de toutes leurs forces contre ton groupe, parce qu'ils ne voulaient pas que Calles sache qui ils étaient.

— Cet homme a toujours agi sournoisement, dit-elle en pinçant les lèvres.

— Oui. Il a essayé de prendre de l'or qui ne lui appartenait pas, puis il a tué mon frère pour tenter d'étouffer l'affaire. Il a fait courir des rumeurs sur mes troupes et moi-même, et il a tué des hommes, mis le feu à leurs fermes pour créer de la terreur et des réactions de résistance sur toutes les terres que nous avons traversées. Il a empoisonné mes troupes pour les ralentir et il a tenté de m'assassiner. Les mages du temps devaient nous achever ou nous faire regagner Braugne jusqu'à la fin de l'hiver.

Balayant les miettes de pain, elle murmura :

— Il déploie tous ses efforts pour ne pas t'affronter sur un champ de bataille.

— Parce qu'il perdra, déclara-t-il froidement.

Il n'y avait pas le moindre doute dans l'esprit de Wulf.

— Le temps de Varian est compté, et je crois qu'il le sait. Mais assez parlé de lui. J'aimerais parler de toi.

Retrouvant sa méfiance naturelle, elle dit :

— Euh, d'accord. Et de quoi aimerais-tu parler ?

— Le solstice d'hiver arrive dans quelques jours.

Il lui prit la main et joua négligemment avec ses doigts.

— Mes hommes ont traversé tout un continent. Ils ont repoussé des attaques magiques et résisté à l'empoisonnement, et ils ont besoin de repos, de perspectives réjouissantes. Est-ce que Calles célèbre la Mascarade ?

— Oui, répondit-elle en souriant. D'ailleurs, il y aurait déjà des décorations dans les rues si tout le monde n'avait pas trouvé refuge à l'abbaye. Pourquoi, tu aimerais fêter la Mascarade avec nous ?

Varian pouvait bien fulminer pendant quelques jours sur la disparition de ses mages et de ses troupes. En attendant, Wulf avait envie de mener une autre campagne de la plus haute importance.

Il lui rendit son sourire.

— Oui, c'est ce que je veux.

Chapitre Onze

À DE NOMBREUX égards, la journée avait été maussade, mais cet échange avec Wulf lui avait un peu remonté le moral.

Le soir venu, il la ramena à l'abbaye malgré ses protestations. La demi-douzaine de personnes qui l'avaient accompagnée à l'aller étaient une escorte convenable, mais il ne voulait rien entendre.

Une fois qu'ils furent arrivés au bas des marches, sur le quai, il la retourna pour l'embrasser. Et l'embrasser encore.

Et encore.

Il baissa la capuche de Lily sur leurs visages pour se donner une illusion d'intimité, et elle apprécia ce geste attentionné.

Il avait les lèvres chaudes. Elle commençait à bien les connaître, car elle les avait déjà embrassées dans des milliers de rêves.

Lorsqu'il s'écarta, elle murmura :

— Si c'est un autre communiqué anticipé pour faire connaître les nouvelles règles à la population, je te gifle.

Il lui adressa un sourire énigmatique.

— Non, ma belle. C'est une tentative de séduction. Dors bien. À bientôt.

Malgré les réticences évidentes que trahissait son langage corporel, il finit par prendre congé et traversa le bras de mer en sens inverse. Elle contempla longuement sa grande silhouette solitaire, puis elle glissa un œil sous sa capuche en direction des Défenseurs qui faisaient le guet devant les portes ouvertes.

Ils regardaient droit devant eux, la mine grave. Un Défenseur en particulier avait les yeux un peu exorbités, comme s'il se contenait de toutes ses forces, tandis que sa psyché se roulait au sol en riant à gorge déployée.

L'étonnement de Margot, plus tôt dans la journée, lui avait amplement suffi. Décrétant qu'elle n'était pas obligée d'émerger des profondeurs de sa capuche si elle n'en avait pas envie, Lily se déroba aux regards intrigués et remonta au pas de charge dans sa tour, où elle dormit à poings fermés pendant toute la nuit.

Le lendemain matin, avant même que Lily puisse boire sa première tasse de thé, Gennita vint la trouver pour lui annoncer que son mari et elle avaient pris la décision de rester. La femme d'un certain âge était un peu gênée, mais Lily se rendit compte que sa psyché s'était sensiblement radoucie et elle accueillit la nouvelle avec joie.

Quelques heures plus tard, après un entretien avec Dulcinda et Evie, elle choisit Dulcinda comme seconde secrétaire, lui confia les dossiers financiers et lui dit :

— S'il vous plaît, réduisez tout cela à l'essentiel et revenez me voir avec un résumé. Nous devons conserver un maximum d'argent au cas où nous aurions besoin d'acheter plus de provisions avant la prochaine moisson.

— C'est un honneur, Votre Grâce.

Après avoir délégué la gestion du budget, Lily se sentait tellement rebelle qu'elle emporta le reste des demandes de prêtresses en résidence et les déposa sur le bureau de Prem.

— J'aimerais vos meilleures recommandations pour ces

requêtes, annonça-t-elle.

— Oui, Votre Grâce !

Radieuse, Prem se mit au travail.

Votre Grâce. Elle se sentait si vieille. Alors qu'elle tournait les talons, Estrella fit irruption dans le premier bureau. Si le capitaine des Défenseurs affichait un visage de circonstance, sa psyché rouge de colère dardait sur Lily un regard furibond.

— Bonjour, Votre Grâce, dit Estrella. Votre envahisseur est ici.

— Mon… envahisseur.

Au prix d'un gros effort, Lily cessa de regarder dans le vague au-dessus de la tête d'Estrella.

— Oui, Votre Grâce. Vous savez, celui qui a tué son frère, brûlé des fermes et assassiné des familles entières avant de conduire son armée sur nos terres sans nous demander la permission, celui qui vous a embrassée. Lui-même.

Lily prit une grande inspiration en se frottant le visage. *Calme, reste calme.*

Elle répondit à Estrella :

— Il n'a pas tué son frère. C'est le roi de Guerlan le coupable. Il n'a pas fait tout ce dont on l'accuse. Enfin, bien sûr, il a conduit son armée sur nos terres sans nous demander l'autorisation et… il m'a embrassée. Mais pour le reste, ce n'est pas vrai.

La colère s'apaisa un peu dans la psyché d'Estrella. Les sourcils froncés, elle demanda :

— En êtes-vous certaine ?

— Vous savez que j'ai un don pour percevoir la vérité. Alors oui, j'en suis certaine.

Elle regarda le capitaine par-dessus ses doigts et demanda :

— Que veut-il ?

— Il demande une audience avec vous. Depuis la journée d'hier, les Défenseurs ne savent pas vraiment sur quel
pied danser en sa présence. Il a traversé tout seul depuis le
continent, alors il ne représente aucune menace immédiate…

— Capitaine, cet homme n'est pas une menace, à moins
que nous fassions la bêtise de le mettre en danger, lui ou l'un
de ses hommes, et nous n'en ferons rien.

Elle tambourinait des doigts.

— Je l'ai convié à rester pour le solstice d'hiver. Les
hommes de Braugne doivent être traités avec courtoisie.
Nous les accueillerons à notre Mascarade. Veuillez annoncer
aux villageois qu'ils sont toujours les bienvenus s'ils
souhaitent se réfugier dans l'abbaye, mais ceux qui
voudraient rentrer chez eux ont ma bénédiction.

Les épaules d'Estrella se détendirent.

— Oui, Votre Grâce. Je vais transmettre le message aux
réfugiés. À propos de l'enva… du Protecteur de Braugne.
Dois-je le renvoyer ?

— Non, faites-le entrer dans mon bureau.

Après le départ d'Estrella, Lily regarda Prem et dit :

— Il m'a annoncé qu'il chercherait à me séduire. Ça
promet.

Les yeux de Prem pétillèrent d'amusement.

— Oh, Votre Grâce, c'est merveilleux. Est-ce que… est-
ce une bonne nouvelle ?

— Tout dépendra de ce qu'il fait.

En haussant les épaules, Lily retourna dans son bureau
et attendit.

Elle regarda par la fenêtre jusqu'à entendre Estrella

annoncer, dans son dos :

— Le Protecteur de Braugne, Votre Grâce.

Lily se retourna, mais les salutations qu'elle avait préparées moururent sur ses lèvres lorsque Wulf la rejoignit. Il était semblable à lui-même, un homme bien bâti et endurci, avec armure, cape et épée, et pourtant dans une main il tenait un bouquet de roses rouges éclatantes.

Pendant un moment, l'illusion fut parfaite. Elle devina presque un parfum de roses. Mais alors qu'il se rapprochait, elle se rendit compte qu'il s'agissait des roses de velours de cette boutique où il était entré par effraction.

En souriant, elle tendit les mains pour les recevoir.

— Elles sont magnifiques, merci. J'aurais juré sentir la rose.

— J'ai aspergé leurs pétales de parfum.

Il les lui donna tout en se penchant pour lui voler un baiser furtif. Enhardie par le plaisir, elle lui rendit son baiser.

— J'en déduis que tu as ajouté quelques pièces dans le pot derrière le comptoir.

Il répondit avec un petit sourire :

— Tu en doutais ?

— Pas du tout.

Elle enfouit son nez dans les douces fleurs de velours et elle inspira avec délice avant de poser le bouquet.

— Moi aussi, j'ai fait un saut au magasin hier après-midi, quand je suis revenue en ville. Tout était exactement comme tu l'avais promis. Les pièces étaient intactes. D'ailleurs, je crois même qu'il y en avait de nouvelles.

— Évidemment.

Elle s'adossa contre son bureau et demanda :

— Que puis-je faire pour toi, Wulf ?

— Si tu pouvais m'accorder une heure, j'aimerais que tu

me fasses visiter l'abbaye. D'après ce que j'ai lu, c'est un endroit magnifique. Je voudrais que tu me racontes tout ce que tu aimes ici.

Cette fois, elle rayonnait pour de bon.

— Je vais chercher ma cape.

Ils se promenèrent dans les jardins et dans le temple tout en discutant. Il avait posé sa main au creux de son bras et elle n'y avait opposé aucune objection.

Tout le monde n'appréciait pas de les voir ensemble. S'ils étaient accueillis avec une politesse sans faille, les psychés de certains étaient hostiles ou craintives. Les gens étaient ce qu'ils étaient, et même si Wulfgar n'était pas responsable de la violence survenue à Calles, elle était liée à sa présence. Et tout changement était difficile.

Au bout d'une heure, ils s'arrêtèrent en haut des marches menant au quai. Il baissa les yeux sur elle et lui dit avec sincérité :

— C'est aussi magnifique qu'on le dit.

— Je crois bien.

Les sourcils froncés, elle essayait de cueillir des indices sur son changement d'humeur. Le loup de sa psyché s'était détourné, la tête basse.

Après un baiser sur sa bouche, et un autre sur sa joue, il lui dit :

— À bientôt.

En partant, il sembla emporter la clarté et le peu de chaleur de cette journée d'hiver. Elle le regarda rejoindre la terre ferme, où un groupe de soldats montaient la garde. Ensemble, ils s'éloignèrent en direction du campement militaire.

Les jours suivants se déroulèrent sur le même mode. Le lendemain, Wulf revint pour lui apporter les manuscrits ancestraux.

— Oh, les manuscrits anciens ! se récria Lily, aux anges, en tapant des mains. Attends, ce n'était pas une sorte de pot-de-vin ?

— Ce n'était pas un pot-de-vin ! C'était un cadeau. Seulement, tu avais trop peur de moi pour l'accepter.

— Je n'avais pas peur de toi ! Je suis venue toute seule dans ton armée, n'est-ce pas ? C'étaient les enjeux politiques, le soutien d'un camp au détriment d'un autre.

Il éclata de rire.

— Eh bien, ça fait longtemps que nous n'en sommes plus là ! Accepte-les, ma belle, et profites-en avec tous mes compliments.

En effet, ils n'en étaient plus à ce stade.

— Merci.

Avec un grand sourire, elle accepta son cadeau.

— Je compte bien en profiter, ajouta-t-elle.

Il l'embrassait toujours en arrivant et il ne manquait jamais de l'embrasser en partant. Ses attentions la rendaient heureuse, mais aussi nerveuse. Elle commençait à éprouver une certaine envie à son égard. Ce sentiment lui démangeait la peau et elle était constamment tourmentée.

Un jour, elle ouvrit la fenêtre au verrou brisé rien que pour regarder les pitons qui couraient le long de la tour, en regrettant qu'il ne les utilise pas plus souvent.

Pendant ce temps-là, de nombreux villageois étaient rentrés chez eux et les décorations faisaient leur apparition dans les rues. Calles était belle en plein hiver, avec les maisons illuminées, les bannières aux couleurs éclatantes et les rubans qui ornaient les portes et les fenêtres de chaque bâtiment.

L'abbaye aussi se parait de couleurs pour l'occasion.

C'était toujours un plaisir de sortir religieusement les ornements et les décorations datant de plusieurs générations. La Mascarade n'était pas uniquement la fête de Camaël, mais celle de tous les dieux – ceux que l'on appelait sur Terre les dieux des Races Anciennes. Ce jour-là, les sept avaient droit à leurs représentations.

En tant que dieu de la Danse, Taliesin était toujours le premier. À moitié homme et à moitié femme, Taliesin était le premier parmi les Pouvoirs Primitifs, car toute chose danse : les planètes et les étoiles, les autres dieux, les Races Anciennes et les humains. La danse représente le changement, et l'univers est en mouvement perpétuel.

Il y avait aussi Azraël, le dieu de la Mort ; Inanna, la déesse de l'Amour ; Nadir, l'obscure déesse de l'Oracle ; Will, le dieu du Don ; Hypérion, le dieu de la Loi, et bien sûr, Camaël, la déesse du Foyer.

Dans le cadre des préparatifs, Lily s'attacha particulièrement aux ornements de Camaël dans le temple, tout en murmurant à la déesse :

— Parce que j'ai ma préférence.

Un léger souffle d'air traversa le temple et elle crut apercevoir le sourire de la déesse.

À Calles, la Mascarade avait lieu en ville. La procession des dieux remontait la rue principale, puis tous ceux qui souhaitaient participer ouvraient leurs portes pour la soirée.

De la musique retentissait à tous les coins de rue, les gens dansaient, certains buvaient trop, et parfois quelques échauffourées éclataient à cause de cela, mais dans l'ensemble, la Mascarade était toujours un moment incroyablement amusant.

La veille, Jermaine et Lionel vinrent s'entretenir avec Estrella et Margot sur les mesures de sécurité. Même si tout le monde était détendu pour profiter de la soirée, personne n'avait oublié qu'une guerre venait de se déclarer.

Après quoi, Margot soumit leurs propositions à Lily.

— Comme les hommes de Braugne quitteront Calles le lendemain de la Mascarade, Jermaine a dit que le commandant souhaitait laisser une présence armée permanente dans la ville. Pour notre protection.

Margot la regardait dans les yeux, d'un air interrogateur.

— En as-tu déjà discuté avec Wulfgar ? ajouta-t-elle.

Pendant un moment, Lily en oublia de respirer. Puis, très lentement, elle rassembla quelques papiers sur son bureau, les doigts tremblants.

— Non, répondit-elle. Nous n'en avons pas encore parlé.

Margot posa une main sur la sienne et demanda :

— Que se passe-t-il ?

Je n'en ai aucune idée, avait-elle envie de répondre. Il me caresse le visage et… et quand il m'embrasse, sa bouche me semble désespérée. Mais son loup s'est détourné de moi. Il a changé d'avis et j'ignore pourquoi.

Au lieu de ça, elle se racla la gorge et lui dit :

— Je pense que c'est une bonne idée d'accepter une présence armée. Si Varian décide de riposter pour venger ses mages du temps, nos forces sont trop réduites pour défendre la ville.

— Je suis d'accord, dit Margot en secouant la tête. Mais si tu me l'avais demandé il y a deux semaines, je t'aurais dit *hors de question.*

Lily lui adressa un sourire de biais.

— Autrefois, je pensais que la déesse me demandait de faire un choix crucial et essentiel qui nous entraînerait sur une voie ou une autre. Maintenant, je me dis que nous devons tous faire des choix au quotidien – explorer ceci, ne pas faire cela. Choisir entre le bien et le mal. Accepter de travailler ensemble. Enfreindre la loi. Et nos vies deviennent la somme de chaque moment choisi. Tu sais, j'avais failli décider d'aller à Guerlan pour la Mascarade, mais quand j'ai reçu l'invitation de Varian, je savais déjà que l'hiver serait rude et je ne voulais pas gaspiller d'argent.

Margot frissonna.

— Je suis bien contente que tu n'y sois pas allée.

— Moi aussi.

Les yeux baissés sur son bureau, Lily ajouta :

— Ces propositions sont parfaites, à la fois pour la sécurité de la Mascarade demain soir et pour ce qui se passera après le départ de l'armée. Je les approuve.

Une fois que Margot se fut retirée, Lily cessa de faire semblant de travailler et elle monta dans sa tour pour s'asseoir et regarder les flammes dans l'âtre. Ses pensées se formaient, tournoyaient et changeaient d'aspect, et comme un kaléidoscope le paysage se modifiait selon son angle de vue.

L'avenir était toujours plein d'innombrables chemins potentiels. Ce n'était pas parce qu'elle avait rêvé d'une vie avec Wulf qu'elle avait la garantie que cela se réaliserait. Mieux que quiconque, elle aurait dû s'en souvenir.

Pour la première fois, elle se rendit compte qu'elle n'avait pas eu de visions depuis plusieurs jours.

Peut-être la déesse considérait-elle que le choix crucial avait été fait. À moins qu'il n'ait jamais été question de choix entre l'un ou l'autre de ces deux hommes qui se faisaient la guerre en ce moment même.

Peut-être la décision capitale avait-elle toujours porté sur le combat pour sauver des vies innocentes, le choix de passer à l'action pour mettre hors d'état de nuire les mages du temps et d'accepter les conséquences qui en découleraient.

Si tel était le cas, c'était peut-être suffisant pour satisfaire Camaël, mais pas Lily.

Ce jour-là, Wulf ne lui rendit pas visite.

Chapitre Douze

LE LENDEMAIN SOIR, la Mascarade à Calles fut un ravissement absolu.

Les feux de joie, placés à des endroits stratégiques, diffusaient une lumière dorée et une douce chaleur pour tous ceux qui souhaitaient se réchauffer pendant les festivités. Les enfants trouvés de l'abbaye jouaient sur la glace avec ceux de la ville, sous le regard bienveillant de leurs tuteurs.

Des musiciens jouaient à chaque coin de rue. Quant à la nourriture… par les dieux, la nourriture ! Des chariots quittèrent l'abbaye pour traverser le bras de mer, chargés de pâtisseries sucrées et de feuilletés salés, avec de la dinde et du jambon rôti et des paniers remplis de pommes fraîches. Les magasins restaient ouverts et les commerçants vendaient leurs spécialités culinaires, mais les largesses de l'abbaye étaient gratuites pour tout le monde. Wulf apprit que, cette année-là, on avait réduit les extravagances. Les habitants de Calles étaient bien conscients que l'hiver était rude.

Mais pour les hommes qui se contentaient de rations militaires depuis des semaines, c'était un véritable festin, et les deux auberges vendaient de la bière à profusion. Mais huit mille soldats, c'était beaucoup pour une ville de taille modeste. Alors, les hommes de Braugne se rendirent à Calles à tour de rôle, ce qui permit à chacun de danser, de manger et de boire un peu avant la fin de la soirée.

Tout le monde n'était pas masqué. Jermaine avait interdit aux soldats de couvrir leurs visages. Les risques pour la sécurité étaient trop élevés. Mais un grand nombre de villageois et d'occupants de l'abbaye portaient des costumes et des masques.

Après tout, il y avait un petit côté romantique à danser avec la femme du boucher qui dissimulait son identité derrière un joli masque en plumes de paon. Ou avec le gérant du Lion de Mer qui, malgré ses bois de cerf sur la tête, était trahi par son rire tonitruant.

L'événement sur fond de flocons de neige était pittoresque et enchanteur, mais Wulf était impatient de se mettre en route.

Il était prêt à partir. Ses affaires étaient rangées. Karre et Mignez avaient envoyé les troupes qu'ils lui avaient promises dans leurs traités, et six mille hommes l'attendaient à la frontière entre Calles et Guerlan. Sa propre armée lèverait le camp au matin, mais Wulf avait prévu de prendre les devants avec un petit groupe le soir même.

Et pourtant, quelque chose le retenait.

Lily n'avait toujours pas fait son apparition.

Debout dans la ruelle derrière le Lion de Mer, adossé contre le mur, les bras croisés, il balayait la foule d'un regard enfiévré.

Soudain, les enfants se précipitèrent dans les rues en hurlant :

— C'est l'heure ! C'est l'heure !

La foule s'empressa de libérer le centre de la rue, cédant la place à la procession des dieux. Le premier à passer fut la personne qui jouait le rôle de Taliesin. Il bondissait et tournoyait en remontant la rue, vêtu d'un costume à demi féminin et à demi masculin.

Puis les autres dieux arrivèrent, chacun dans la tenue propre à son rôle – la Mort, l'Amour, l'Oracle, le dieu du Don et la Loi.

Et enfin, ce fut le tour de la déesse du Foyer. Naturellement, c'était Lily. Elle portait une robe dorée qui imitait les flammes d'un feu et ses cheveux bruns étaient coiffés en arrière derrière le masque d'une belle femme souriante. Elle était d'une beauté surnaturelle, resplendissante, et la foule tout entière – les soldats de Braugne, les villageois et les gens de l'abbaye – poussa des cris de joie.

Wulf ne donna pas de la voix comme les autres. Quand il la vit, son cœur se serra et il fut terrassé par un chagrin si intense qu'il faillit tomber à genoux.

En passant devant lui, Lily le regarda, l'or de son costume reflété dans ses yeux.

Il avait envisagé de lui faire ses adieux lors de la Mascarade. Il n'imaginait pas qu'elle serait engloutie par le cortège à la fin de la procession des dieux. Avec un sourire amer, il regarda la foule de fêtards hilares. Elle était perdue au milieu, trop petite pour qu'il l'aperçoive.

Qu'à cela ne tienne, il lui écrirait une lettre d'adieu. C'était peut-être mieux ainsi.

Il dit à Gordon, non loin de là :

— Je rentre au campement. Fais savoir aux autres que nous partirons dans une heure.

— Oui, monsieur, répondit Gordon en hochant la tête.

Une fois rentré, Wulf alluma une lampe, tira le coffre qui contenait son nécessaire de correspondance et s'assit à la table. Il regarda longuement la page blanche, son stylo à la main, mais que pouvait-il dire ?

Je t'ai désirée plus que tout, puis je t'ai aimée.

J'ai vu combien tu aimais ton foyer magnifique et je t'aimais trop pour t'arracher à cela.

Il ferma les yeux et prit sa tête entre ses mains.

Soudain, à l'entrée de la tente, il entendit la voix de Lily :

— Déjà prêt à partir, à ce que je vois.

Il n'avait rien entendu, pas même le froissement de la toile. Décidément, son sortilège de dissimulation était très efficace.

La stupéfaction le saisit et il se leva d'un bond.

— Par les sept enfers !

Elle entra, la mine déterminée. Ses cheveux étaient toujours relevés sur sa tête, mais elle avait abandonné son costume de lumière. Comme lui, elle portait du noir – des bottes de cavalerie noires, un pantalon et une veste matelassée. Même ses gants et sa cape étaient noirs.

Elle retira ses gants et les abattit sur la table.

— Tu allais partir comme ça, sans un adieu ?

Son regard se posa alors sur le stylo et le papier, et sa lèvre se tordit avec amertume.

— Ah, un message peut-être. Wulf, je ne suis pas près de te pardonne pour cela.

Par les dieux, il avait besoin de l'embrasser, encore et encore. De déchirer ses vêtements et de lui faire l'amour avec toute l'avidité éperdue de son cœur jusqu'à les briser tous les deux.

Il fit volte-face et se passa les mains dans les cheveux.

— Je comptais te parler ce soir.

— À la Mascarade.

— Oui, mais j'aurais dû me douter que tu serais accaparée par tout le monde. Alors, j'allais t'écrire une lettre.

— Ordure, murmura-t-elle, des trémolos dans la voix.

Quand il la regarda par-dessus son épaule, elle avait les

yeux brouillés de larmes et elle paraissait tellement trahie qu'il eut l'impression de recevoir un coup de poignard dans la poitrine.

Tant mieux. Qu'elle se sente trahie. Au moins, sa tristesse durerait moins longtemps.

— Je t'aime, dit-il.

— Je le sais bien ! rétorqua-t-elle. Et alors ? Moi aussi, je t'aime, et je ne t'abandonnerais jamais comme ça !

La distance entre eux devenait intolérable. Il la rejoignit à grandes enjambées et la prit par les bras pour la regarder droit dans les yeux.

— Je t'aime et je me suis lancé dans une guerre qui vient à peine de commencer. Et ce camp ? Lily, ce camp, c'est encore le mieux de tout. Il est propre, n'est-ce pas ? Il sent le frais parce que tout est gelé. Dans les années qui viennent, il y aura plus de boue et de sang, de danger et de puanteur, que tu ne peux l'imaginer. Les combats seront violents et déchirants. En attendant, tu as une maison merveilleuse pleine d'une histoire riche que tu aimes passionnément et un peuple qui t'adore. Tu as un endroit, un rôle, et ton *foyer* est là-bas.

Tandis qu'il parlait, les larmes de Lily se mirent à couler, ruisselant sur son visage.

— Oui, c'est vrai, dit-elle. J'aime passionnément cet endroit. C'est pour cela que je prépare Margot au rôle de Première ministre depuis six mois – parce qu'à mon départ, je voulais laisser l'abbaye et Calles entre les mains les plus compétentes.

Stupéfait, il murmura :

— Lily, qu'est-ce que tu dis ?

Elle se frappa la poitrine en s'écriant :

— Je dis que tu ne peux pas m'enlever mes choix, et je

te choisis, Wulf ! Et ce n'est pas un choix entre toi et Guerlan, mais entre toi et ma maison.

La signification de ses paroles le laissait sans voix.

Enfin, il dit simplement :

— Tu peux quitter l'abbaye comme ça ?

— Pas comme ça…

La lumière projetait des ombres effilées sous ses yeux.

— Je n'ai pas fermé l'œil de la nuit, mais… oui.

— Par les dieux, mon amour, c'est un tel sacrifice.

Ses cheveux brillants commençaient à échapper à leurs épingles. Il écarta les mèches fines de son visage.

— Quand j'ai commencé cette lettre, j'allais te demander de m'attendre. Si tu ne le pouvais pas, je l'aurais accepté, parce que ce sera tellement long…

Elle s'essuya le nez en hochant la tête.

— Alors, je devrais prendre mes sacs et ma tente, mes vingt-cinq prêtresses guérisseuses, mes deux assistantes et mes deux cent cinquante Défenseurs pour rentrer chez moi, t'oublier et tomber amoureuse d'un autre homme. Bien sûr, Wulf. D'accord.

Un instant… Quoi ?

Quel autre homme ?!

— Qu'est-ce que tu racontes ? s'exclama-t-il.

Pour la première fois, il saisissait ce qu'il voyait. Elle s'était promenée partout, dans l'abbaye et en ville, mais elle portait des bottes de cavalière. Soudain, il comprit.

— Tu t'es préparée. Tu avais prévu tout ça. Tu es prête à partir.

Elle rencontra son regard, les lèvres pincées.

— C'est exact, Wulf. Je suis prête à partir. Et je ne t'attendrai pas. Soit je viens avec toi maintenant, soit je m'en vais. Je ne resterai pas chez moi à m'inquiéter et à me languir pendant des années. Tu es un homme stupide. Ça ne me plaît pas de te le dire, mais c'est ta décision.

— Lily, dit-il dans un souffle.

En réalité, elle n'était pas seulement entourée de miracles qui l'auréolaient comme des lucioles. Elle était elle-même un miracle si flamboyant qu'il la serra contre son cœur de peur qu'elle disparaisse. Elle referma les bras autour de sa taille et elle l'étreignit avec force.

Enfouissant son visage dans ses cheveux, il dit :

— Tu m'as donné envie d'être un homme meilleur. Alors, j'essayais de m'améliorer.

— Je ne suis pas tombée amoureuse d'un homme meilleur, murmura-t-elle. Je suis tombée amoureuse de toi.

Devant la gravité de son choix et la profondeur de ses sentiments, il n'avait qu'une seule chose à dire. La seule chose qu'il avait toujours eu envie de dire.

— Reste. Ce sera difficile, mais je veux que tu ailles jusqu'au bout, ma belle et courageuse femme. Reste avec moi.

Il inclina son visage et il l'embrassa.

— Je ne te mérite absolument pas.

Elle glissa une main sur sa nuque.

— Cela va sans dire.

Il l'embrassa encore, et encore. Les courbes souples et charnues de sa bouche le captivaient.

— Tu vas me faire la tête longtemps ?

Elle approcha les lèvres pour un autre baiser.

— Cela va sans dire, ça aussi. Peut-être un mois ou deux.

— Tout ce que tu décideras, mon amour.

Déboutonnant sa veste, il prit sa douce poitrine dans ses mains et dit en serrant les dents :

— Par les dieux, comme je te désire !

— Moi aussi, je te dé… commença-t-elle avant que le

rabat s'ouvre à la volée.

— Monsieur, nous sommes prêts à partir, dit Gordon en faisant irruption sous la tente. Saviez-vous que nous avons aussi plusieurs prêtresses et Défenseurs qui attendent aux limites du… camp… ?

Wulf resta pétrifié avant de retirer lentement les mains de sa poitrine. Plongeant ses yeux dans les siens, Lily sourit. Elle lui dit par télépathie : *Ce n'est que la première de très nombreuses interruptions que je prédis pour notre avenir.*

Grâce à la déesse, je suis amoureux d'une femme qui sait protéger ses frontières. Elle afficha un immense sourire et il se tourna vers Gordon pour ordonner à haute voix :

— Changement de plan. Nous partirons au matin avec le reste des troupes. Assure-toi que l'on accorde aux prêtresses et aux Défenseurs une place convenable dans le campement pour la nuit. Sa Grâce aura besoin de rester près de son peuple, mais demain, nous verrons comment les répartir au sein de la formation. Ce sera tout pour ce soir, Gordon.

Après un bref hochement de tête, Gordon dit, les yeux rivés au sol :

— Bonne nuit, monsieur, Votre Grâce.

Wulf regarda Lily.

— Je viens encore de parler en ton nom.

— De toute évidence, tu auras besoin d'entraînement…

Elle tressaillit lorsqu'il la souleva contre son corps et pressa sa bouche sur la sienne. Il y plongea sa langue avec toute la fougue de son cœur effréné.

La langue de Lily se joignit au ballet tandis que ses doigts remontaient le long de son corps, déboutonnant d'abord son manteau, puis sa chemise. Elle s'écarta pour les lui retirer. La tente était froide, les braseros éteints. Son lit était défait, les couvertures et les fourrures enroulées. Tout était fruste, sans élégance, mais cela n'avait aucune importance.

Tandis qu'il s'emparait d'une couverture pour la déplier, elle se débarrassa de ses propres vêtements. Puis elle se tourna vers lui, intégralement nue. En voyant son corps splendide, il sentit les flammes de son désir redoubler d'ardeur et de chaleur.

Il l'enveloppa dans la couverture et il ramassa leurs deux capes pour les jeter sur la paillasse. Pendant ce temps, elle laissait courir avidement ses mains sur son large torse.

Pour elle, il était dur, impatient et brûlant. Il lui dit en serrant les dents :

— Dis-moi, mon amour, faut-il que je sois tendre ?

Pendant un moment, son visage demeura inexpressif, puis elle comprit ce qu'il voulait dire.

— Je ne suis pas vierge, Wulf. Pas besoin de me ménager.

C'était tout ce qu'il voulait savoir. Il la repoussa sur la paillasse et s'allongea sur son corps. Par les dieux, pourquoi les autres n'avaient-ils pas mis le grappin sur elle ? Il allait retrouver chacun de ses anciens amants et leur réduire le visage en bouillie – non, tout de même, ce ne serait pas très sain…

Il avait envie de la toucher partout, de goûter chacune de ses courbes et chacun de ses creux. Tandis qu'il dévorait son corps, insatiable, elle ondulait en gémissant sous ses mains. Elle le caressait et le léchait jusqu'à ce que le feu devienne si intense qu'il ne pouvait l'éteindre qu'en la pénétrant profondément.

Ensemble, ils trouvèrent leur propre rythme. C'était la plus belle des danses. L'échange sans retenue, les cris étouffés, les sommets exquis de plaisir et les soupirs d'extase, tout cela constituait la cadence sur laquelle ils dansaient.

À la fin, il tremblait. Elle avait déjà capitulé et, à présent, elle le serrait contre son corps, les bras et les jambes refermés autour de lui. Tout en la regardant dans les yeux, il écarta les cheveux humides de son visage.

Le cœur battant, toujours au creux de son corps, il chuchota :

— Il m'arrivera encore de te faire de la peine, mais je le regretterai toujours. J'essaierai de l'éviter, mais la vie est ainsi faite.

— Non, ce n'est pas vrai, répondit-elle à mi-voix.

— Je vais te jurer une chose, je serai toujours honnête avec toi.

Son regard brillait avec intensité lorsqu'il répéta :

— Toujours.

Elle le regardait fixement et il eut à peine le temps de se demander ce qu'elle voyait. Lorsqu'un sourire illumina ses traits, il eut l'impression de contempler un lever de soleil, le matin.

— Oui, dit-elle. Je le vois bien.

C'était le moins qu'il puisse faire. Cette femme était son miracle et, comme seuls les dieux le savaient, rares étaient ceux qui avaient la chance de connaître cela.

Les deux capes autour d'eux, ils s'installèrent le plus confortablement possible. Dès le lendemain, il y aurait d'autres défis. Une guerre à mener, un empire à bâtir.

Mais les défis, il y en avait toujours.

En revanche, il aurait cette chance inouïe de danser à nouveau avec elle.

Et avant de s'endormir, Wulf songea que, peut-être, certaines histoires ne se terminaient jamais.

Peut-être n'y avait-il parfois qu'un commencement.

Merci !

Chers lecteurs,

Merci d'avoir lu *L'Élue* ! J'espère que vous avez apprécié l'histoire de Wulf et de Lily autant que j'ai pris plaisir à l'écrire.

Vous souhaitez rester en contact et connaître toutes mes nouvelles publications ? Vous pouvez :

- Vous inscrire à mon email mensuel sur : www.theaharrison.com
- Me suivre sur Twitter à @TheaHarrison
- Vous abonner à ma page Facebook sur facebook.com/TheaHarrison

Les avis de lecture aident les autres lecteurs à trouver des livres qui leur correspondent. J'apprécie chaque avis, qu'il soit positif ou négatif.

Bonne lecture !
~Thea

Retrouvez les autres titres de Thea Harrison

LA CHRONIQUE DES ANCIENS
Edité par J'ai lu

Le baiser du dragon
Un coeur de pierre
L'étreinte du serpent
L'héritière de l'Oracle
Sans fard
Le mal absolu
Le portail du diable
Chasse gardée
La chute du seigneur
Dangereuse expédition
La fureur d'Aryal
La quête du dragon
Affrontement fatal
Les faveurs du Vampire
Pouvoirs surnaturels

LA CHRONIQUE DES ANCIENS SERIES
COLLECTIONS
Edité par J'ai lu

La chronique des anciens, sans fard & le mal absolu

LA CHRONIQUE DES ANCIENS
Edité par Thea Harrison

L'Élue

www.ingramcontent.com/pod-product-compliance
Lightning Source LLC
Chambersburg PA
CBHW071003180726
48291CB00004B/1413